DER
MANTEL

Frank Cottrell Boyce

Der unvergessene Mantel

Aus dem Englischen
von Salah Naoura

Mit Fotografien von
Carl Hunter und Clare Heney

CARLSEN

Außerdem von Frank Cottrell Boyce im Carlsen Verlag lieferbar:

Broccoli-Boy rettet die Welt
Millionen
Tschitti – Das Wunderauto fliegt wieder
Tschitti – Im Wettrennen gegen die Zeit

Für Misheel

Veröffentlicht im Carlsen Verlag
Februar 2016

Foto Seite 108: Chay Heney
Originalverlag: Walker Books Limited, London
Published by arrangement with Walker Books Limited, London SE11 5HJ

Originaltitel: THE UNFORGOTTEN COAT

Umschlagbild: iStockphoto / © muha 04
Umschlaggestaltung: formlabor
Corporate Design Taschenbuch: bell étage
ISBN 978-3-551-31482-6

Unser Guter Ratgeber

Die Ratgeberin

Dieses Foto hab ich seit dem Tag, an dem es aufgenommen wurde, nicht mehr gesehen. Bis eben.Trotzdem kann ich euch alles darüber sagen, was ihr wissen wollt. Der Junge links ist Shocky. Der rechts ist Duncan, der immer mit Keksen in den Hosentaschen zur Schule kam. Inzwischen ist er verheiratet, unerklärlicherweise. Das Mädchen links ist Mimi Toolan, und die rechts, das bin ich.

In dem Augenblick, als das Bild geknipst wurde, dachte ich vor allem darüber nach, ob Mimi mich nach der Schule mit zu sich nach Hause nehmen würde. Ihre Mutter ließ sie immer mit ihren Schminksachen spielen, was meine Mutter auf gar keinen Fall erlaubte, obwohl ich doch schon so reif und erfahren war.

Außerdem dachte ich: ACH. DU. SCHANDE. Shocky hat mir die Hand auf die Schulter gelegt! Einmal, kurz vor Weihnachten, mussten wir im Unterricht eine Partnerübung machen, und ich hatte Shocky überreden können. Da es sich um eine Art Vertrauensspiel handelte, hätte es am Ende zu einem kurzen Körperkontakt kommen sollen – wobei sich allerdings herausstellte, dass man Shocky nicht vertrauen konnte. Und zum Entstehungszeitpunkt dieses Fotos hatte er es geschafft, zweihundertsiebenunddreißig Tage lang ununterbrochen zu übersehen, dass ich existiere.

Warum ich mich so genau daran erinnere, was mir durch den Kopf ging? Weil ich in der ersten Hälfte der Sechsten nur Folgendes im Kopf hatte:

1. Mimi, darf ich mit zu dir?

2. Shocky, beachte mich bitte!

Außerdem wurde das Foto im Sommer aufgenommen, und erinnert sich nicht jeder an den letzten Sommer auf der Grundschule? Das Sportfest. Die Abschlussklassenfahrt. Das Abschlussfoto. Die endlosen Diskussionen, auf welche Schule man als Nächstes gehen sollte, die Versprechungen, befreundet zu bleiben, obwohl man nicht auf dieselbe Schule ging. Wie am letzten Nachmittag jeder bei jedem auf dem T-Shirt unterschrieb. Und an das ständige Gefühl, dass sich mit jedem Tag ein Stückchen mehr eine Tür öffnete, durch die Sonnenlicht hereinfiel, und schon sehr bald würde man durch diese Tür hinausdürfen, mit Gelächter und Gebrüll, so laut, dass man nicht mal mitbekam, wenn sie hinter einem zufiel – für immer.

Ich kann euch sogar sagen, wann genau das Foto gemacht wurde. In der zweiten Woche des Sommerquartals. Es war der Tag, als Mimi in der großen Pause zwei Jungen entdeckte – einen großen und einen kleinen –, die durch den Schulhofzaun herüberstarrten. Der große hielt den kleinen an der Hand, der kleine hatte eine Fellmütze auf, und sie trugen die gleichen Mäntel. Die Dinger sahen verrückt aus, lang wie Morgenmäntel und von innen mit Pelz gefüttert. Allerdings hätte jeder Mantel verrückt ausgesehen, denn die Sonne brannte vom Himmel. Auf dem Schulparkplatz schmolz der Asphalt. Alle anderen trugen T-Shirts.

Mimi ging zu den beiden rüber und fragte: „Was gibt's denn hier zu gucken?"

Der Große brachte sie zum Schweigen, indem er einen Finger an die Lippen legte. „Gib acht auf deine Lehrerin!", sagte er und deutete zu Mrs Spendlove hinüber, die genau in diesem Moment in ihre Pfeife blies, um die Pause zu beenden – als hätte der Junge es vorausgesehen.

Als wir alle in der Schlange standen, hatte ich die beiden plötzlich direkt hinter mir. Ich warf einen Blick auf den Kleinen, dem seine Mütze bis über die Augen gerutscht war. Es sah so unbequem aus, dass ich sie zurechtrücken wollte – aber der Große fasste mir unters Kinn und drehte meinen

Kopf weg. „Schau ihn nicht an", sagte er. Ganz im Ernst, damit hatte er sich eigentlich eine Ohrfeige verdient. Aber ehe ich mich darum kümmern konnte, kam Mrs Spendlove und ließ uns in den Klassenraum. Die beiden Jungs marschierten zielstrebig nach hinten, und der Kleine machte es sich auf dem Platz gemütlich, der sonst eigentlich meiner war.
Ich stellte mich daneben und starrte ihn direkt an, in der Annahme, dass er den Wink kapieren würde. Fehlanzeige.

„Ich möchte, dass ihr gemeinsam mit mir ein neues Gesicht in unserer Klasse begrüßt", sagte Mrs Spendlove. „Ein fröhliches neues Gesicht hoffentlich. Darf ich vorstellen: Dschingis."

Alle begrüßten ihn, außer mir. „Und der andere, Miss? Wie heißt der?", fragte ich.

Sie hatte den Kleinen noch gar nicht bemerkt. „Oh, Dschingis, dein kleiner Bruder ist leider nicht in dieser Klasse. Er ist bei Miss Hoyle, ein Stück weiter den Flur runter."

„Nein", sagte Dschingis. „Mein kleiner Bruder ist hier in dieser Klasse. Sehen Sie, er sitzt doch neben mir."

Alle lachten, außer Mrs Spendlove. „Entschuldigung, mein Fehler. Ich meine, er *gehört* in Miss Hoyles Klasse", sagte sie und versuchte uns anderen mit Handwedeln zum Schweigen zu bringen, peinlich berührt, weil sie dachte, dass wir ihn auslachten und es ihre Schuld war. Aber ich stand ja genau neben den beiden und merkte, dass der Große sich nicht etwa geirrt hatte. Er schaltete einfach auf stur.

„Julie, wärst du so nett, Dschingis' Bruder in Miss Hoyles Klasse zu bringen?"

Natürlich wäre ich so nett gewesen, zumal ich meinen Platz wiederhaben wollte. Aber kaum hatte ich mich dem Kleinen genähert, da hob der Große seine Hand, mir direkt vors Gesicht, und sagte: „Nein."

„Wie bitte?"

„Er muss bei mir bleiben. Ich habe die Pflicht, auf ihn aufzupassen. Ihn zu beschützen. Ich muss in seiner Nähe sein."

„Also, so läuft das nicht, Dschingis. Erstens wird Miss Hoyle ihn beschützen, wenn er in ihrer Klasse ist. Und außerdem braucht er doch gar keinen Schutz, weil ..."

Er hörte nicht mal zu, sondern kramte ein paar Stifte und etwas Papier hervor, um ein bisschen zu zeichnen.

Mrs Spendlove klappte ihren Laptop auf und suchte eine Weile herum. „Ah", sagte sie und wandte sich direkt an den Kleinen. „Du musst in eine andere Klasse gehen, Kub..." Und sie begann, diesen unglaublichen Namen Silbe für Silbe zu buchstabieren. Aber noch ehe sie bei der dritten Silbe angelangt war, hob Dschingis den Kopf und sagte wieder Nein.

„Nein." Einfach so.

Das war bereits sein zweites Nein zu Mrs Spendlove. Ein Mal konnte man ja noch für ein Versehen halten. Mit dem zweiten stieg man in den Ring. Ganz klar. Vor unseren Augen spielte sich ein Machtkampf ab.

Mrs Spendlove ging zum Angriff über: „Wie bitte?"

„Nennen Sie ihn Nergui", sagte Dschingis. „Das ist einfacher." Was ihr gegenüber wirklich eine Frechheit war, weil er Mrs Spendlove Vorschriften machte und ihr außerdem mitteilte, dass es sie überforderte, einen Namen richtig auszusprechen.

Mrs Spendlove schmetterte den Angriff ab. „Tja, hier steht aber etwas anderes", sagte sie und versuchte erneut den langen Namen auszusprechen.

Dschingis erhob sich.

Sie blickte ihm in die Augen.

Er sagte: „Bitte."

Bitte war gut. *Bitte* bedeutete in gewisser Weise Rückzug. Auf jeden Fall war *Bitte* ein Pluspunkt für Mrs Spendlove.

Sie klappte den Laptop ganz, ganz langsam zu. „Na gut", sagte sie. „Nur für heute darfst du hier in unserer Klasse bleiben, Nergui."

Dschingis bedankte sich und nahm wieder Platz. Es sah nach einem Sieg für Mrs Spendlove aus. Nur dass dieser Junge exakt seinen Willen durchgesetzt hatte: Sein kleiner Bruder saß neben ihm und wurde mit irgendeinem nicht offiziellen Namen angesprochen. Vielleicht hatte Mrs Spendlove das gespürt. Vielleicht war dies der Grund, weshalb sie sich für eine weitere Herausforderung entschied.

„Wenn du dann bitte deine Mütze abnehmen würdest, Nergui", sagte sie. „Damit wir anfangen können."

Weder der Kleine noch Dschingis rührten sich. Die beiden

saßen einfach nur mit diesem *Und was, wenn nicht?*-Gesicht da und taten, als hätten sie nichts verstanden.

Mrs Spendlove versuchte es noch mal. „Es tut mir leid, aber du musst deine Mütze abnehmen, Nergui."

„Nein", sagte Dschingis.

Alle schauten zu Mrs Spendlove.

„Wir können nicht erlauben, dass während des Unterrichts Mützen getragen werden, Dschingis."

Nun schauten alle zu Dschingis.

Es war wie bei einem superspannenden Tennisspiel.

„Es ist gefährlich, meinem kleinen Bruder die Mütze abzunehmen."

„Wie kann das denn gefährlich sein? Sitzt sein Kopf etwa nicht fest auf seinem Hals?"

Dafür erntete sie einen Lacher, der ihr einen gewissen Vorteil verschaffte.

„Nicht gefährlich für ihn. Gefährlich für andere."

Mrs Spendlove runzelte die Stirn. Wollte er ihr etwa drohen?

„Wenn ich ihm die Mütze abnehme", fuhr Dschingis fort, „könnte er durchdrehen und alle hier umbringen."

Das war eindeutig eine Drohung. Er drohte uns allen. Mit seinem kleinen Bruder.

„Dschingis ..."

„Was tust du, damit dein Adler ruhig bleibt?"

„Ich weiß es nicht." Mrs Spendlove ließ ihren Blick durch

die Klasse wandern. Wusste es jemand? *Konnte* irgendjemand so etwas wissen?

„Ist doch klar“, sagte er. „Man bedeckt die Augen des Adlers mit einer Haube. Wenn man möchte, dass er losfliegt und tötet, nimmt man die Haube ab. Mein Bruder ist mein Adler. Wenn er seine Haube aufhat, bleibt er schön ruhig. Ohne seine Haube kann ich nicht wissen, wie er sich verhält.“

Sechste Klasse. Sechs Jahre lang waren wir zur Schule gegangen und bis zu diesem Moment hatte ich geglaubt, wahrscheinlich alles gelernt zu haben, was ich jemals würde lernen müssen. Ich wusste, wie man das Volumen eines Würfels berechnet. Ich wusste, wer die *Sonnenblumen* gemalt hatte. Ich konnte die Geschichte der heiligen Lucia erzählen. Ich kannte die Gesetze der britischen Thronfolge und die Gesetze der Symmetrie und wusste, wie wichtig es ist, fünfmal am Tag Obst zu essen. Aber in meiner gesamten Schulzeit hatte ich noch keine einzige Unterrichtsstunde zum Thema Adlerberuhigung gehabt. Nicht mal von dem Fach hatte ich etwas gehört. Ich hatte keinen blassen Schimmer davon, dass Menschen möglicherweise die Fähigkeit besitzen mussten, Adler zu beruhigen.

In diesem Augenblick spürte ich meine Unwissenheit wie ein Paar Flügel, die sich hinter mir entfalteten, und jede einzelne mir unbekannte Tatsache war eine Feder dieser Flügel. Ich merkte, wie sie sich in den Luftstrom reckten, begierig, endlich loszufliegen.

Ich wollte mich mit dem Neuen unterhalten. Über Adler. Mimi dagegen schien den ganzen Zwischenfall mit Dschingis nur als kleine Unterbrechung der weltweiten Diskussion übers Schminken zu begreifen. Nur die Jungs zeigten Interesse. In der Mittagspause umringte ein ganzer Pulk von ihnen Dschingis und Nergui, um zu fragen, ob sie wirklich Adler besäßen und wie groß die wären und ob Dschingis ein Lügner war oder nicht.

„Wo kriegt ihr die Adler denn her? Vom Adlerladen?"

„Da wo ich herkomme, hat jeder mehrere Adler."

„Und wo ist das?"

„In der Mongolei."

Sie stupsten und piesackten den kleinen Nergui, der seine Mütze immer noch heruntergezogen hatte, bis über die Augen. Sie wollten Adlerschreie von ihm hören. Nergui verkroch sich in seinem Mantel, streckte die Arme aus den Ärmeln hervor und kreuzte sie über seiner Brust. Beide Ärmel schlackerten, wodurch er wirklich wie ein Vogel aussah.

Irgendwann entdeckte mich Dschingis hinter den Jungs und rief: „Du! Du musst kommen und mir helfen!"

Ich hatte keine Ahnung, was er von mir wollte. Aber ich war absolut begeistert, dass man mich fragte. Ich schob mich an den Jungs vorbei, dann baute ich mich vor ihnen auf. „Okay", sagte ich. „Weitergehen. Habt ihr denn noch nie zwei mongolische Brüder gesehen?"

„Nein."

„Na gut, dann habt ihr's jetzt. Also geht weiter."

„Mongolisch, von wegen!" Das war Shocky. „Warum sollten sie denn aus der Mongolei hierherkommen? Wahrscheinlich sind sie bloß aus Speke."

Man einigte sich, dass die Brüder wahrscheinlich aus Speke kamen, nicht weit entfernt vom Liverpooler Flughafen. Dann gingen die Jungs wieder Fußball spielen.

„Steh bitte still", sagte Dschingis. Er schob mich ein wenig zurück und zog dann etwas aus seiner Tasche, das wie ein altmodisches Radio aussah. Als er auf einen Knopf drückte, ertönte ein surrendes Geräusch, die obere Hälfte öffnete sich und eine Linse schoss hervor.

Heute weiß ich, dass es eine Polaroidkamera war. Aber damals hielt ich sie für irgend so eine verrückte, glotzende Kuckucksuhr.

„Ich brauche ein Bild", sagte er. „Damit ich nicht vergesse, wer du bist. Du wirst hier unser Guter Ratgeber. Okay?"

Inzwischen war Mimi zu uns rübergekommen – sie hörte das Geräusch einer Kamera in Aktion auf eine Entfernung von 500 Metern. Wir setzten beide unser charmantestes Lächeln auf, und im selben Moment erschienen Shocky und Duncan und schummelten sich ins Bild.

Fast sofort nachdem Dschingis den Auslöser gedrückt hatte, kam ein Stück Papier vorne aus der Kamera. Dschingis zog eine Folie ab, wedelte das Stück Papier durch die Luft, und zum Vorschein kamen wir. Eingefangen für die Ewigkeit. Er schrieb etwas auf das Foto, was ich damals allerdings nicht erkennen konnte.

Heute habe ich's zum ersten Mal gesehen. *Unser Guter Ratgeber,* schrieb er.

„Du wirst unser Guter Ratgeber", erklärte er. „In der Mongolei sind wir Nomaden. Wenn wir in ein fremdes Land kommen, brauchen wir jemanden, der uns gute Ratschläge gibt. Du wirst hier unser Guter Ratgeber sein, einverstanden?"

Klar war ich einverstanden. Nie zuvor hatte jemand mich gebeten, *irgendwas* zu sein, auf jeden Fall nichts, wofür es eine offizielle Bezeichnung gab. Und von diesem Augenblick an hörte ich auf, über Schminkkram, Lippen oder Shocky nachzudenken, und lief stattdessen mit dem Gedanken durch die Gegend: *Seht her! Ich bin ein Guter Ratgeber!*

Ich war entschlossen, ein *wirklich* guter Ratgeber zu sein.

Adlerhaubenmantel

Der Mantel

Das da auf dem Foto ist nicht Nerguis Mantel, sondern der von Dschingis. Heute habe ich ihn zum ersten Mal seit damals wiedergesehen. Ich hatte davon gehört, dass die Schule diesen Sommer abgerissen werden soll. Und weil es der letzte Tag des Schuljahrs war und daher meine letzte Chance, mal zu gucken, ging ich auf dem Heimweg von der Arbeit dort vorbei.

Mrs Spendlove arbeitete unglaublicherweise immer noch dort und erkannte mich sofort. Vierunddreißig Jahre lang hat sie an dieser Schule unterrichtet! Ich durfte sie auf ihrem Rundgang begleiten, während sie ihre Sachen und ein paar Erinnerungsstücke einsammelte. Die alten Schränke für Unterrichtsmaterialien, der Garderobenraum, unser alter Klassenraum. Und dort, in der hintersten Ecke stand ein großer blauer Plastikbehälter mit der Aufschrift **FUNDSACHEN**. Darin lagen vor allem Turnschuhe und Socken und ein paar Bücher, ein verschließbares Hello-Kitty-Tagebuch, ein paar kitschige Brotdosen – und der Mantel. Der seltsame Mantel von Dschingis Tuul. Ich zog ihn heraus und hielt ihn eine Armlänge von mir weg. Leider kann ich nicht behaupten, dass er wie ein Vogel aussah, mehr wie eine haarige Fledermaus. Ich durchsuchte die Taschen, wie man das so tut. Und dabei fand ich all diese Fotos:

Eine grüne Wiese

Gelb -gold

Der Adler

Großer Strommast

Guten Appetit, Dämon

Der Dämon

Ich nahm meine Pflichten als Guter Ratgeber wirklich sehr ernst. Ich brachte Dschingis und Nergui in der Mittagspause immer in den Speisesaal und sorgte dafür, dass sie nebeneinandersitzen konnten – obwohl ich selber gar nicht mitaß. Ich erklärte ihnen genau, was sie zum Sport und zum Schwimmen mitbringen mussten. Ich sagte ihnen, dass sie ihre komischen Mäntel vergessen und was Normales anziehen sollten. Und als unsere Klasse die morgendliche Schulversammlung gestalten sollte, schlug ich das Thema „Alles über die Mongolei“ vor, weil ich dachte, Dschingis würde mitmachen und sich vielleicht sogar darüber freuen. Was dann aber nicht der Fall war.

Ich suchte Fotos raus und guckte zum ersten Mal in meinem Leben was bei *Wikipedia* nach. Dschingis tat gar nichts. Sogar am Tag unserer Schulversammlung stand er einfach nur da und sah mongolisch aus, während ich den Schülern alles vortrug, was ich über die Mongolei gelernt hatte. Dass sie ein Binnenstaat in Zentralasien ist, eine Parlamentarische Republik und das bevölkerungsärmste Land der Welt, wo die meisten Menschen immer noch als Nomaden leben, in Zelten, die man Jurten nennt. Dass mongolische Männer gern mit Adlern Wölfe jagen und dass es dort mal eine Stadt gab, die Xanadu hieß und die Sommerresidenz des fünften mongolischen Großkhans war. Eine Stadt mit Springbrunnen, Bächen, Wiesen und Wäldern, voll mit allen möglichen wilden Tieren, und dass der Khan dort mit seinen Adlern jagen ging. Sein Palast war aus fest verschnürtem Bambusrohr gebaut, so dass er sich leicht auseinandernehmen und transportieren ließ. In den Gemächern waren die Wände mit Bäumen, Vögeln und anderen Tieren bemalt, deswegen merkte man kaum, ob man drinnen oder draußen war.

Als einer der Schüler fragte: „Ist es da, wo ihr herkommt, wirklich so?“, antwortete Dschingis: „Ja. Es hat sich nichts verändert.“

„Wieso seid ihr dann nach Bootle gekommen?“

Alle kicherten, und Dschingis zuckte bloß mit den Schultern und sagte: „Wir sind eben Nomaden. Wir ziehen umher.“

Ich tat all das nicht aus reiner Herzensgüte, sondern weil es zu meinem Plan gehörte: Ich wollte, dass sie mich zu sich nach Hause einluden. Was ich mir vorstellte, war eine Wohnung voll bis oben hin mit Sachen aus Seide, einer mongolischen Pferdekopfgeige in der einen Ecke und einem blubbernden Samowar in der anderen. Ich hatte echt gut recherchiert.

Auf Grund meiner Begeisterung für Mimis Schminksachen hatte ich ja schon ein wenig Erfahrung darin, mich von anderen nach Hause einladen zu lassen. Man brauchte jemanden bloß bis fast nach Hause zu begleiten und dann zu sagen: „Ach, hier wohnst du?“ Und wenn das nicht reichte, sagte man, dass man mal aufs Klo musste. Sobald man zur Tür hereinkam, bot einem die Mutter normalerweise an, länger zu bleiben.

Aber bei Dschingis und Nergui funktionierte die Methode nicht – aus dem einfachen Grund, weil sie anscheinend jeden Tag einen anderen Nachhauseweg benutzten. An einem Tag gingen sie links die Hawthorne Road hinauf, also schlug ich am nächsten Tag denselben Weg ein und wartete darauf, dass sie hinterherkamen. Ich wartete eine Ewigkeit, bis mir endlich klar wurde, dass sie die Allee entlanggelaufen waren. Also nahm ich am nächsten Tag diesen Weg und musste mit ansehen, wie sie kehrtmachten und an mir vorbei in die entgegengesetzte Richtung liefen. Manchmal verschwanden sie zwischen den Häuserreihen. Und manchmal schlichen sie sich in die engen Hinterhausgassen.

Ich gab es auf, ihnen folgen zu wollen, aber jedes Mal, wenn ich unterwegs war, schaute ich mir die Fenster der Häuser und Wohnungen an und fragte mich, hinter welchem sie wohl wohnten. Irgendwo in den schmalen Straßen oder den Hochhäusern musste es ein Zimmer mit Seidenwaren und einem Samowar geben, so was wie einen Geheimeingang, das spürte ich.

Irgendwo bei uns in Bootle lag Xanadu, verborgen wie ein Schatz.

Dann ging ich eines Tages in einen Laden, um Chips und Orangensaft zu kaufen, und da waren die beiden plötzlich, standen in der Ladentür und schauten mich an. „Schmecken die gut?“, fragte Dschingis, auf die Chips deutend. Ich bot ihm welche an und setzte mich gemächlich in Bewegung. Dschingis knabberte geräuschvoll an einem Kartoffelchip. „Ja, lecker. Du kannst Nergui welche geben.“

So gingen wir weiter, und alle paar Meter griffen sie in meine Chipstüte. Ich passte mich jedes Mal unauffällig an, wenn sie die Laufrichtung änderten. Ich schüttete ordentlich Saft in mich hinein, um glaubwürdig zu sein, wenn ich nach der Toilette fragte.

Aber irgendwie landeten wir vor meiner Haustür, nicht vor ihrer.

„Ich muss mal aufs Klo“, sagte Dschingis. „Und Nergui auch. Habt ihr Toiletten?“

„Klar. Kommt rein.“

Sie waren kaum drin, da fragte meine Mutter schon, ob sie zum Abendessen bleiben wollten.

„Klar“, sagte Dschingis.

Er und Nergui gingen nach oben, aufs Klo. Und Mum fragte, ob die beiden wohl Fischstäbchen mochten. „Oder verstößt das gegen ihre Religion?“

„Ich weiß nicht so genau, welche Religion sie haben. Aber in der Schule essen sie ganz normales Mittagessen.“

Die Toilettenspülung rauschte, aber die Jungs kamen nicht

wieder nach unten. Wir hörten, wie sie dort oben herumwanderten und Türen und sogar Schubladen öffneten.

„Also weißt du, das mit den Türen geht ja noch, aber Schubladen, das geht zu weit, da muss ich einschreiten", sagte Mum.

Allerdings kam sie nicht mehr dazu, weil Dschingis im nächsten Moment die Küche betrat und fragte: „Entschuldigung, wir müssen unbedingt sofort was backen. Haben Sie Mehl?"

Irgendwas in seinem Tonfall wirkte auf Mum offenbar ansteckend und löste eine Art Backanfall aus. Bis dahin hatte ich noch nie etwas von Backnotfällen gehört. Aber Mum riss eine Rührschüssel aus dem Schrank, als handelte es sich um einen Feuerlöscher. Mehltüten, Butterpakete – sie warf alles auf den Tisch wie eine Erste-Hilfe-Ausrüstung.

„Hefe?"

„Hefe?! Wir haben keine Hefe!"

Es sah ganz danach aus, dass das Fehlen von Hefe uns alle ins Verderben stürzen konnte, und unser einzig möglicher Retter war Dschingis.

„Schon okay", sagte er. „Diesmal mach ich's ohne Hefe. Aus dem Weg, bitte. Und heizen Sie den Ofen vor."

Mum rannte fast zum Ofen und Dschingis begann, Zutaten in die Rührschüssel zu werfen und auf den Teig einzudreschen. Nergui stand da und guckte zu wie bei einer Herz-OP und als wäre das Herz dort in der Rührschüssel sein eigenes.

Erst als ich fragte „Was genau macht ihr da eigentlich?“, kam wieder etwas mehr Ruhe in die Sache.

„Ja“, wiederholte Mum. „Was genau macht ihr da eigentlich?“

„Haben Sie ein paar Rosinen?“, fragte Dschingis.

„Natürlich.“ Sie reichte ihm eine Packung Rosinen. Er formte die Figur eines kleinen Jungen aus dem Teig und fügte Rosinen als Zähne und Augen hinzu.

„Also, wenn wir das da später essen wollten, hättet ihr euch vorher die Hände waschen sollen.“

„Das ist nicht zum Essen. Jedenfalls nicht für uns. Wir brauchen was anderes zum Essen. Was haben Sie denn?“

Mum sagte, sie hätte an Fischstäbchen gedacht, sofern es nicht gegen ihren Glauben verstieße.

„Gibt es in diesem Land einen Glauben, der Fischstäbchen verbietet?“, erkundigte sich Dschingis.

„Nein, ich denke nicht. Dann mach ich schnell welche. Wollt ihr eure Mutter anrufen und ihr sagen, dass ihr zum Abendessen bleibt?“

„Nein. Wir sind Nomaden. Sie erwartet uns nicht zu Hause, das ist bei Nomadenmüttern anders. Kann sein, dass wir hier übernachten.“

„Ach ja?“, sagte Mum. „Kann aber auch nicht sein.“

Dschingis sah zu Nergui herüber. Dann ließ er seinen Blick durch den Raum schweifen, wie zur Kontrolle, dass auch niemand horchte. Mum hatte diesen Spiegel, der neben der Tür zum Garten hing, gleich neben der Guck-mal-wie-groß-ich-bin-Leiste. Dschingis ging hin, nahm den Spiegel von der Wand und legte ihn mit der Spiegelfläche nach unten auf den Tisch. Dann ließ er die Jalousie herunter.

„Wir verraten euch ein Geheimnis", sagte er. Wieder warf er Nergui einen Blick zu, und Nergui nickte. „Mein Bruder glaubt, dass er von einem Dämon verfolgt wird."

„Von einem Dämon?", fragte Mum. „Hier in Bootle? Seid ihr sicher, dass es hier nicht *mehrere* gibt?"

„Wir müssen alles Notwendige tun, um meinen Bruder zu retten. Zum Beispiel ist Nergui nicht sein richtiger Name. Wir sprechen seinen Namen niemals aus. Nergui bedeutet Niemand. Wenn der Dämon uns also mit Nergui sprechen hört, denkt er, wir sprechen mit niemandem."

„Aha", sagte Mum. „Tja. Klar. Keine Ahnung, warum ich da nicht selber draufgekommen bin."

„Außerdem nehmen wir nach der Schule jedes Mal einen anderen Nachhauseweg, damit er nicht so leicht rausfindet, wo wir wohnen."

„Aber er weiß doch, wo ihr zur Schule geht?"

„Nergui hat ihn in der Schule gesehen. Zweimal."

„Er hat diesen Dämon also wirklich gesehen?"

„Natürlich. Woher wüsste er sonst, dass der Dämon ihn verfolgt? Wir sind doch keine Leute, die sich grundlos vor irgendwas fürchten."

„Natürlich nicht. Wie sieht er denn aus?"

„Er ist getarnt. Er sieht wie ein normaler Mensch aus."

„Aber ... Woher wisst ihr dann, dass es ein Dämon ist?"

„Weil er versucht, meinen Bruder verschwinden zu lassen. Dämonen lassen Dinge verschwinden."

„Aha", sagte Mum.

„Deswegen mussten wir die Mongolei verlassen. Da war dieser Dämon, der uns verschwinden lassen wollte. Also mussten wir weg. Wir sind den Gleisen gefolgt, die aus unserem Land rausführen. Tagelang immer an den Gleisen entlang. Bis hierher."

„Es gibt eine direkte Bahnstrecke von hier bis in die Mongolei? Wirklich?"

„Keine direkte, nein. Wir wechseln öfter mal die Richtung. Um den Dämon zu verwirren. Und nun habe ich diesen Jungen hier aus Teig gemacht. Wenn wir den bei euch vor der Haustür auf die Stufe legen, dann hält der Dämon ihn vielleicht für Nergui, falls er uns gefolgt ist. Und an Stelle von Nergui verschwindet vielleicht der Junge aus Teig."

„Ein toller Plan", sagte Mum. „Und jetzt geht ihr bitte Hände waschen, wenn ihr Fischstäbchen essen wollt."

Also blieben die beiden zum Abendessen. Und vorher legten sie den Jungen aus Teig auf die Türschwelle. Während wir aßen, beobachteten wir die Tür. Unwillkürlich. Die Scheinwerfer der vorbeifahrenden Autos, die Stimmen der Passanten – alles kam mir irgendwie dämonisch vor.

Ein paar Wochen zuvor hatte ich nicht einmal geahnt, dass es Dinge wie transportable Paläste aus Bambus gab. Dass es einen Dschingis Khan gegeben hatte, der mit einem Blutklumpen in der geballten Faust geboren worden war, der in null Komma nichts fast die ganze Welt eroberte, im Galopp über die Steppe nach Zentralasien kam und sogar bis vor die

Tore Europas. Ich hatte nicht mal gewusst, dass es so etwas wie Steppe gibt! Platt wie Straßenbelag und so weit wie das Meer. Nichts als Gras und Großtrappenvögel. So riesig wie ein Meer, und ich hatte nicht einmal von ihrer Existenz gewusst! Wenn es auf dieser Erde Meere aus Gras und Paläste aus Bambusrohr gab, warum dann nicht auch Dämonen? Und warum sollte einer von ihnen nicht genau in diesem Moment auf der Stufe vor unserer Haustür in der William Morris Road hocken und einen Jungen aus Teig verspeisen?

Dschingis spülte unaufgefordert die Teller. Nergui starrte die ganze Zeit weiter auf die Tür und wirkte angespannt.

„Ich glaube, der Kleine will zu seiner Mutter“, sagte Mum.

„Ich schau mal nach, ob die Luft rein ist“, sagte Dschingis.

Er öffnete die Tür und warf einen Blick auf die Stufe. Der Junge aus Teig war verschwunden.

„Mal im Ernst“, sagte Mum. „Bei uns in der Gegend könnte man einen Eimer mit Atommüll vor die Tür stellen, und innerhalb von fünf Minuten wär er weg. Die klauen hier wirklich alles.“

„Wir können nach Hause gehen“, sagte Dschingis. „Der Dämon hat den Jungen aus Teig gegessen. Für heute Abend reicht ihm das.“

Hungriger, Dämon

£1, ein britisches Pfund

Das Experiment

An dieses Foto erinnere ich mich auch. Eines Tages verkündete Mrs Spendlove, dass wir am nächsten Tag ein Experiment durchführen würden, und jeder sollte einen kleinen runden Behälter mitbringen, so wie die runden Plastikdinger, in denen man früher Filmrollen für Fotoapparate aufbewahrte. „Bei euch zu Hause liegt bestimmt noch irgendwo so etwas rum“, sagte sie. „Wir werden uns selber Raketen basteln.“

Aber am Tag darauf hatte niemand eine Filmdose dabei. Mrs Spendlove wirkte enttäuscht. „Ich wollte, dass jeder es selbst macht“, sagte sie. „Ich habe nur drei dabei, also werdet ihr leider bloß zuschauen können.“

Jedenfalls machte sie dieses Experiment, bei dem sie eine Schmerztablette mit Klebemasse innen am Deckel der Filmdose festpappte, dann ein bisschen Wasser in die Dose goss, sie mit dem Deckel verschloss und auf den Kopf stellte. Niemand zeigte großes Interesse, bis die Filmdose zwei Minuten später an die Decke flog, dort eine Glühbirne traf und im ganzen Raum Wasser verspritzte. Plötzlich wollten alle auch mal, aber Mrs Spendlove hielt stattdessen eine lange Rede darüber, dass man immer nur das herausbekommt, was man investiert hat, und da sich niemand von uns die Mühe gemacht habe, eine Filmdose zu suchen, könnten wir nun keinen Spaß haben, sondern müssten stattdessen ein paar Diagramme über die Ausdehnung von Gasen und über Schubkraft abzeichnen.

Als die Pause begann, marschierte Dschingis auf dem Hof sofort rüber zur Sitzecke und verkündete, er hätte Filmdosen, Klebemasse und Schmerztabletten, alles zusammen erhältlich für ein Pfund. Er öffnete seine Tasche. Es mussten so um die dreißig Filmdosen sein, ein Riesenstück Klebemasse und eine Großmarktpackung Schmerztabletten.

„Jeder kann sich bei mir seine eigene kleine Rakete kaufen", sagte er. „Eine Filmdose, ein Stück Kleber und eine Tablette – für ein Pfund!"

Jeder wollte eine haben. Die Schüler drängten sich um ihn und bezahlten.

„Die hattest du dabei und hast Mrs Spendlove nichts davon gesagt? Warum?", fragte ich, weil sie mir leidtat.

„Wieso sollte ich sie denn im Unterricht verwenden?", erwiderte er. „Die hab ich gestern Abend alle bei unseren Nachbarn gesammelt, um sie zu verkaufen."

„Du hättest sie uns doch vor dem Unterricht verkaufen können! Dann hätte jeder eine gehabt und Mrs Spendlove wäre total zufrieden gewesen."

„Bevor Mrs Spendlove uns vorgeführt hat, wie es funktioniert, wollte niemand eine. Es bezahlt doch niemand ein Pfund, ohne zu wissen, was eine Filmdose kann. Jetzt hat Mrs Spendlove es erklärt, und jeder will eine. Ihr Unterricht war eine Superwerbung!"

„Aber du hattest ja außer den Filmdosen auch noch Klebemasse und Tabletten dabei! Woher wusstest du das?"

„Raketen wurden in der Mongolei erfunden. Schubkraft liegt uns im Blut."

Ein Typ namens Backy (inzwischen ist er bei der Polizei) meinte: „Das sind meine Filmdosen. Du kannst mich doch nicht für meine eigenen Filmdosen bezahlen lassen."

Anscheinend war Dschingis am Abend zuvor losgegangen und hatte in seinem Wohnblock an jede Tür geklopft, um nach Filmdosen zu fragen – auch bei Backy.

„Die Filmdose geb ich dir umsonst", erwiderte Dschingis. „Klebemasse ist auch umsonst. Nur ein Pfund für die Schmerztablette."

Der arme Backy ließ sich auf den Handel ein. Ehrlich, die Filmdosenspender merkten nicht, dass sie geprellt worden waren, ehe sie durch das Gedränge wieder wegzukommen versuchten. Dschingis spannte den kleinen Nergui ein, um beim Zählen des Bargelds zu helfen. Die beiden nahmen vierunddreißig Pfund ein, und den ganzen Tag über waren in der Schule Knallgeräusche zu hören und der Hof war übersät mit leise sprudelnden Pfützen.

Für einen Guten Ratgeber gibt es auf dem Pausenhof einer Grundschule nicht gerade viel zu tun. Obwohl ich versuchte, es in die Länge zu ziehen, hatte ich nach sechs Pausen so ziemlich auf jeden Stein und jeden Grashalm hingewiesen. Ich zeigte ihnen Mrs Harrison, die für die Essensausgabe zuständig war und die gleichzeitig die Macht über den Verbandskasten besaß, falls man sich geschnitten hatte. In der großen roten Kiste wurden Spielsachen für Hofspiele aufbewahrt – man durfte sich nehmen, was man wollte, musste aber alles zurücklegen, wenn man fertig war (Mrs Harrison passte auf). Die gemalten Zahlen und Quadrate auf dem Boden waren für Hüpfspiele gedacht, die aber niemand spielte, weil niemand die Regeln richtig kannte. Die Sitzecke – ein paar Bänke umgeben von einem kleinen Kreis aus Apfelbäumen – war in Erinnerung an einen Jungen eingerichtet worden, der kurz vor unserer Einschulung gestorben war. Alle behaupteten, er läge unter den Bäumen begraben und dass Stückchen von ihm in den Äpfeln wären, was aber nicht stimmte. Er lag auf einem Friedhof wie andere Tote auch.

Bevor Dschingis kam, hatte ich die Pausen meistens mit Mimi verbracht. Wir waren am Zaun auf und ab marschiert und hatten über den künftigen unvermeidlichen Erfolg unserer erfundenen Girlband *Die surfenden Eskimos* gesprochen. Ehe ich meine Pflichten als Guter Ratgeber übernahm, war mir völlig entgangen, dass in der Baumgruppe, die als Sichtschutz für die Mülltonnen gepflanzt worden war, ein kleiner Stamm traurig guckender Fünftklässler hauste. Dort verbrachten sie ihre Zeit mit Nintendo-Spielen und hielten sich von Shocky und Duncan fern. Ich hatte auch keine Ahnung davon gehabt, dass Mrs Harrison Französisch sprach, weil sie aus dem Kongo kam. Dass man in dem großen Brennnesselhaufen zwischen

Schulhof und Parkplatz Frösche finden konnte, hatte ich nicht gewusst. Und auch nicht, dass in der Kiste für Hofspiele Hula-Hoop-Reifen lagen.

Dschingis nahm mich mit raus und fragte, was das sei. Ich legte mir einen der Reifen um und versuchte ihn um meine Taille zu schwingen, aber er fiel sofort klappernd zu Boden.

„Ah", sagte er, „das ist ein Hula-Hoop. Das macht man so."

Er nahm ihn mir weg, zog ihn sich über den Kopf und brachte ihn mit minimalen Hüftbewegungen zum Drehen wie ein Rührgerät. Er konnte dabei sogar weiterlaufen und sich unterhalten. Nergui genauso.

Mrs Harrison lachte und sagte: „Man sieht nicht so oft Jungs, die das machen."

Dschingis erstarrte und der Reifen fiel zu Boden. Er blickte sich auf dem Schulhof um. „Hier sind ja fast nur Mädchen. Wo sind die Jungen?"

„Das hier ist der rote Pausenhof", erklärte ich. „Der ist für alle. Wer Fußball spielen möchte, geht auf den blauen Pausenhof. Dahinten durch ... Fast alle Jungen spielen Fußball."

Dschingis führte Nergui durch den kleinen Spalt zwischen dem Speisesaal und dem Hauptgebäude, und ich lief hinterher. Den Rest der Pause blieben die beiden dort stehen und schauten zu, wie die anderen Jungen auf dem blauen Pausenhof hin und her rasten, brüllten, gestikulierten und dem Ball nachjagten.

„Gibt es dafür Regeln?", fragte Dschingis.

„Ich glaube schon", sagte ich.

„Die musst du rauskriegen. Wir müssen das spielen."

„Okay."

Also kamen die beiden mit zu uns, um sich von mir die Fußballregeln erklären zu lassen. Ich musste mir von den Nachbarn einen Ball leihen und am Ende musste ich mir auch den kleinen Nachbarsjungen leihen. Er hieß Jordan. Er konnte nicht verstehen, wieso sie die Spielregeln nicht kannten.

„Sie sind aus der Mongolei", erklärte ich.

„Trotzdem muss es da doch Fußball geben. Fußball gibt es überall."

„Nicht in der Mongolei."

„Nein", sagte auch Dschingis. „In der Mongolei gibt es nur Pferde, Pferde, Pferde. Wenn wir mit einem Ball spielen wollen, steigen wir auf ein Pferd. Wenn wir jagen wollen, steigen wir auf ein Pferd. Wenn wir heiraten, sitzt die Braut auf einem Pferd. Die einzige Ausnahme ist der Ringkampf. Ringkampf findet am Boden statt."

Jordan hatte schon von Ländern gehört, wo es Überschwemmungen und Krankheiten und Krieg gab, aber noch von keinem dermaßen schlimmen Ort ohne Fußball. Er war den Tränen nahe. Er erklärte ihnen, was man können muss und welche Regeln und Tricks es gibt, und hinterher setzten sie sich auf den Bürgersteig und er erklärte ihnen die ganze Geschichte vom FC Liverpool.

„Fußball besteht fast so viel aus Reden wie aus Spielen", stellte Dschingis fest.

Seitdem versuchte er mich in jeder kleinen Pause dazu zu bewegen, ihm etwas über die Abseitsregel, Wechselfristen und die Geschichte der Champions' League zu erzählen. Selber spielte er allerdings nicht. Er ließ Nergui spielen und nahm mich mit, um seinem Bruder zuzugucken. Dann zeigte er jedes Mal auf ihn, wie er auf und ab rannte und die Leute anrempelte, und sagte: „Am Ball benimmt er sich ein bisschen wie ein Esel, ja, aber wenn er nicht am Ball ist, ist er ein richtiges Arbeitspferd." Sogar wenn Dschingis über Fußball redete, dachte er ziemlich viel an Pferde.

Alle Fußballausdrücke, die er benutzte – Foul, Elfmeter, also, das ist doch wohl ein Witz! –, sprach er mit heftigem Liverpooler Akzent aus. Ich hatte ja gehofft, er würde aus mir so eine Art mongolische Prinzessin machen, stattdessen machte er aus sich einen Liverpooler. „Siehst du den Kleinen?", fragte er und deutete aufs Spielfeld. „Von hier aus kannst du nicht mal erkennen, welcher es ist!"

„Es ist der mit der Mütze über den Augen."

„Das spielt keine Rolle. Kennst du die beste Methode, eine Nadel in einem Heuhaufen zu verstecken?"

„Ich glaube, es gibt keine beste. Wenn sie erst mal im Heuhaufen landet, ist sie wirklich schwer zu finden. Das ist der springende Punkt, denke ich."

„Und wenn man einen Metalldetektor hat?"

„Haben Dämonen Metalldetektoren?"

„Sprich nicht über Dämonen. Du darfst sie nicht mal erwähnen. Okay? Der springende Punkt ist der: Er sieht jetzt aus wie jedes andere Kind." Nergui sah tatsächlich aus wie jedes andere Kind. „Die beste Methode, eine Nadel im Heuhaufen zu verstecken, ist, die Nadel als Heu zu tarnen."

Die Wahrheit lautete: Die Jungen lernten nicht nur unsere Sprache, sie *versteckten* sich hinter unserer Sprache, verschanzten sich hinter Fußball, hinter Beleidigungen, Flüchen und Modewörtern. Sie lernten sich normal. Und in unserer Schule hingen normale Jungen nicht mit Mädchen ab. Nach einiger Zeit brauchten sie keinen Guten Ratgeber mehr, und ich stand mit Mimi wieder am Zaun, wo wir unsere zukünftigen Erfolge planten und entschieden, was wir am *Tag der eigenen Kleidung* anziehen sollten.

Am *Tag der eigenen Kleidung* musste man nicht in Schuluniform kommen, sondern durfte tragen, was man wollte, wenn man für einen guten Zweck spendete. Ich glaube, kurz zuvor hatte es irgendwo eine Überschwemmung oder ein Erdbeben gegeben. Wenn ich sage, dass man tragen durfte, was man wollte, hieß das, dass man als Junge ein Everton-Fußballtrikot anziehen konnte (mit dem Risiko, von Liverpool-Fans ausgelacht zu werden) oder ein Liverpool-Fußballtrikot (mit dem Risiko, von Everton-Fans ausgelacht zu werden) oder irgendwas anderes (mit dem Risiko, von allen anderen Prügel zu kassieren). Mädchen durften im Grunde alles tragen, was sie mochten, solange es echt superkurz war und man eine riesengroße Tasche dabeihatte. Aus irgendeinem Grund entschied ich mich, im Everton-Fußballtrikot des Nachbarsjungen zu gehen. Wahrscheinlich sah ich es als Chance, Dschingis daran zu erinnern, dass er seine Fußballkenntnisse von *mir* hatte.

Als ich in die Schule kam, wartete er mit Nergui am Tor. Die beiden standen völlig reglos da und trugen wieder ihre verrückten Mäntel – die pelzgefütterten Dinger vom ersten Tag. Und beide trugen pelzgefütterte Mützen. Sie sahen beeindruckend aus.

Dschingis musterte mein Everton-Outfit. „Perfekt."

Ich hielt es für ein Kompliment. „Ist doch nur ein Fußballtrikot", sagte ich. „Nicht mal ein echtes. Es ist ein nachgemachtes und nicht mal ein nachgemachtes aus dieser Saison."

„Komm mal bitte mit."

Dschingis ließ mich draußen warten, während er und Nergui in die Jungstoilette gingen. Nach ein paar Minuten kam er mit Nerguis Mantel unterm Arm wieder heraus. „Den trägst du", sagte er. „Nergui nimmt dein Trikot."

In der Mädchentoilette versuchten eine Million elektrostatische Widerhaken sich an mir festzukrallen, während ich mich aus dem Nylontrikot schälte. Dann schlüpfte ich in Nerguis Mantel wie in eine andere Welt. Die Ärmelaufschläge waren ausgefranst und zerschlissen – ich stellte mir vor, dass der Adler immer auf ihnen gehockt hatte. Die Ecken der Innentaschen waren voller Sand – wahrscheinlich aus der Wüste Gobi. Halb rechnete ich damit, dass draußen der Rest der Wüste auf mich wartete, als ich die Tür öffnete. Tat er aber nicht.

Dafür aber Dschingis. Und während Nergui mit dem Fußballtrikot wieder in der Toilette verschwand, standen wir beide dort im Flur und ließen uns anglotzen. Niemand sagte irgendetwas Gemeines. Dazu sahen wir zu furchteinflößend aus.

Als Nergui wieder rauskam, war es das erste Mal, dass ich ihn ohne seine Mütze sah. Er hatte lange Haare.

„Nergui! Du hast ja lange Haare!", sagte ich. „Du siehst aus wie ein Mädchen!"

„Er glaubt, wenn er wie ein Mädchen aussieht, wird der Dämon ihn nicht erkennen."

„In dem da siehst du wie ein Junge aus", sagte Nergui zu mir. „Vielleicht nimmt mein Dämon dann ja dich."

Es war auch das erste Mal, dass ich ihn sprechen hörte. Er klang wie jeder andere Junge in der Schule.

„Vielleicht", sagte ich.

Natürlich war mir klar, dass sie mich bloß um den Kleidertausch gebeten hatten, um ihren Dämon zu verwirren. Ob es mir was ausmachte, als Dämon-Köder herzuhalten? Nein, weil ich damals nicht an Dämonen glaubte. Außerdem machte der Fellmantel aus mir und Dschingis ein Paar, zwei stolze Nomaden, die Adler beruhigen konnten und eine Reihe Pferde besaßen, die irgendwo in der Wüste umherliefen.

Am Nachmittag bat Mrs Spendlove Dschingis, der Klasse doch etwas über die Kleidung zu erzählen, die wir trugen. Ich stand auf und erklärte, dass die Sachen dick und warm sein müssen, weil es in der Steppe so kalt werden kann, sogar in der Wüste, nämlich nachts. Minus fünfzig Grad. Und obwohl mich niemand drum gebeten hatte, erzählte ich ihnen von Dschingis Khan – nach dem Dschingis benannt war, wie Unmengen anderer mongolischer Jungen. Ich wusste alles über das Leben Dschingis Khans und berichtete, wie er, als er im

Sterben lag, darum gebeten hatte, an einem geheimen Ort bestattet zu werden, ohne ein Denkmal, damit sein gesamtes Reich als Grabstein dienen würde. Nachdem seine Freunde den Leichnam beerdigt hatten, ließen sie tausend Pferde über die Stelle traben, um die Erde aufzuwühlen und das Grab unkenntlich zu machen. Danach ritten sie alle nach Hause und brachten sich gegenseitig um, damit das Geheimnis nie verraten werden würde.

„Und was ist mit dir, Dschingis?", fragte Mrs Spendlove. „Was kannst du uns über dein Heimatland erzählen?" Wenn ich jetzt so drüber nachdenke, war es vielleicht als spitze Bemerkung gemeint, weil ich das Reden anscheinend alleine übernahm.

„Na ja, es gibt die Wüste", sagte er. „Und außerdem so was wie Oasen in der Wüste, kennt man ja, mit Bäumen, die wie Riesenblumen aussehen." Ich kannte sie nicht. „Die sind irgendwie magisch. Und wir haben Gebirge, die aus Metall sind und in der Sonne schimmern." Die kannte ich auch nicht. „Und wenn man Probleme hat, kann man einen Steinhaufen machen und vielleicht 'nen Pferdeschädel obendrauf legen, oder einen Gebetsschal, und dreimal im Uhrzeigersinn drum rumgehen, und das hilft dann. Das nennt man einen Obo."

„Wie soll das denn helfen?", fragte jemand.

„Weiß ich nicht so genau. Wenn man einen Obo sieht, den ein anderer errichtet hat, soll man auch dreimal drum rumgehen. Ich zeige euch ein Foto, wenn ihr wollt."

Und das tat er. Er hatte Fotos von der Wüste. Von der magischen Oase mit den blumenähnlichen Bäumen. Und von den Steinhaufen.

Ein Schedel
auf einem alten
Baum

Ein großer
Berg

Über all diese Dinge zu reden, verlieh einem das Gefühl, dass die Schule und die Hawthorne Road und ganz Bootle ein Kurzaufenthalt waren, als befänden wir uns lediglich auf der Durchfahrt in ein unbeschreibliches Abenteuer.

Dieses Gefühl begleitete mich auf dem gesamten Nachhauseweg und auch noch, als ich durch die Haustür und in die Küche trat, wo Mum gerade von der Waschmaschine aufblickte und sagte: „Was zum Teufel hast du denn da an?"

„Heute war Tag der eigenen Kleidung."

„Und das da ist nicht deine eigene Kleidung."

„Das gehört Nergui – wir haben getauscht."

„Julie, für einen fremden Mantel übernehme ich nicht die Verantwortung. Du bringst ihn jetzt sofort bei ihnen vorbei."

„Aber ich weiß nicht, wo sie wohnen."

Mum brauchte zwei Anrufe, um herauszukriegen, was ich seit Wochen unbedingt hatte wissen wollen: Wo wohnten Dschingis und Nergui? Wo lag Xanadu? Wie sich herausstellte, lag es oben im zehnten Stock vom Roberts Tower, dem Hochhaus gleich neben der Überführung.

„Und wir fahren jetzt sofort dahin", sagte sie.

Sie stopfte den Mantel in eine große Plastiktüte und fuhr mich zum Hochhaus. Doch als wir ankamen, schien sie nicht sonderlich begeistert von dem, was sie sah: Mitten auf dem Parkplatz erhob sich ein Berg aus Bauschutt wie ein Aussichtsturm, und obendrauf hockten zwei Kinder.

„Ich lass den Wagen hier nicht unbeaufsichtigt stehen. Die plündern ihn, noch ehe wir im Aufzug sind."

„Schon okay. Du bleibst im Wagen, ich geh rein."

„Ich lass dich auch nicht allein in dieses Haus gehen."

„Was willst du denn tun? Mit dem Auto in den Aufzug fahren?"

„Vielleicht doch lieber bis morgen früh warten."

„Nein, nein, ich will da jetzt rein." Ich wartete ihre Antwort gar nicht erst ab. Ich rannte Richtung Xanadu.

Der Aufzug roch übel, aber er funktionierte. Während er sich scheppernd bis zum zehnten Stock hocharbeitete, holte ich den Mantel aus der Tüte und zog ihn an. Ich näherte mich der Wohnungstür und dachte: Es ist so weit. Wenn die Mutter mich in dem Mantel sieht, bittet sie mich rein. „Komm doch herein und mach's dir in den Seidenkissen bequem, der Samowar blubbert schon", wird sie sagen. „Vater, spiel uns doch ein Liedchen auf der Pferdegeige."

Ich drückte auf die Klingel. Ich hörte, wie es irgendwo in der Wohnung klingelte. Ein paar Stimmen. Eine Tür, die sich öffnete. Oder vielleicht schloss. Dann wurde alles still.

Ich wartete. – Nichts.

Vielleicht Geflüster.

Ich wusste, dass es unhöflich war, zweimal zu klingeln, aber ich würde nicht wieder gehen. Wochenlang hatte ich nach dieser Wohnung gesucht. Wochenlang hatte ich mich dorthin gesehnt. Ich klingelte noch mal.

Stille.

Eine gespannte Stille, wie wenn man den Atem anhält.

Noch mal.

Nichts.

Ein tiefes, grollendes Knurren hinter mir ließ mich zusammenzucken. Irgendwie dachte ich sofort an den Dämon. Doch es war der Aufzug. Die Türen öffneten sich, und Mum trat heraus.

„Ich dachte, du wartest im Wagen?", sagte ich.

„Natürlich warte ich nicht im Wagen. Als würde ich meine eigene Tochter einfach so ihrem Schicksal überlassen, bloß um auf den Wagen aufzupassen! Hast du das gerochen? Meine Güte! Hast du geklingelt?"

„Ja."

„Und hat jemand aufgemacht?"

„Noch nicht."

„Dann sind sie nicht da. Lass uns zum Auto zurückgehen."

„Pscht. Horch mal." Wir hörten gedämpfte Stimmen, die sich stritten, und das Rauschen eines Wasserhahns.

„Dann sind sie zu Hause und wollen nicht aufmachen. Wahrscheinlich sind sie grad beim Abendessen. Verschieben wir's auf morgen."

Sie hatte bereits den Aufzugknopf gedrückt. „Vielleicht ist ja die Klingel kaputt", sagte ich und hämmerte an die Tür.

Die Stimmen verstummten. Der Wasserhahn ebenfalls. Ich hämmerte noch mal.

Mum packte mich an der Hand. „Hör auf damit", zischte sie. „Das tut man nicht."

Aber nun waren im Flur Schritte zu hören und jemand zog die Tür auf. Eine Frau …

Sie trug nicht den traditionell mongolischen Kopfschmuck, mit Edelsteinen besetzt. Sie war nicht in Seide gehüllt. Sie freute sich nicht mich zu sehen. Anfangs sah sie mich überhaupt nicht.

Sie schaute Mum an.

„Ich bin Julies Mutter", sagte Mum. „Sie ist mit Ihrem Sohn Dschingis befreundet. Das hier ist sein Mantel." Die Frau antwortete nicht. Sie starrte Mum bloß an und dann mich. Als würde sie versuchen ein Rätsel zu lösen. Mir war klar, dass sie uns nicht hereinbitten würde. Sie stand da und schaute zu, wie ich mich mühte, aus dem Mantel zu kommen. Es gelang mir einen kurzen Blick in die Wohnung zu werfen – der lange, leere Flur, die nackte Glühbirne ganz hinten und, neben der Tür, eine Reihe von Taschen und Koffern, prall gefüllt und verschnürt, als wäre die Familie kurz davor zu verreisen.

Ich versuchte ihr den Mantel zurückzugeben, aber sie nahm ihn nicht. Stattdessen bedeckte sie die Augen mit beiden Händen und ich merkte, dass sie weinte. Ich stand mit dem Mantel da, während sie ihr Gesicht verbarg. Dann öffnete sich am anderen Flurende eine Tür und plötzlich kam Dschingis mit großen Schritten auf mich zu. Er sagte nichts. Er sah mich nicht an. Er nahm nur den Mantel, warf ihn sich mit der einen Hand über die Schulter und packte mit der anderen den Ellbogen seiner Mutter, um sie in die Wohnung zurückzuschieben. Dann knallte er mir die Tür vor der Nase zu.

Ich dachte, Mum würde nun gleich loslegen, wie unhöflich die seien oder dass bestimmt jemand das Auto gestohlen hätte. Aber während wir im Aufzug nach unten fuhren und auch während der ganzen Fahrt zurück nach Hause sagte sie kein einziges Wort. Erst als unser Auto wieder sicher in der William Morris Road parkte, meinte sie: „Was war denn das?"

Ich wusste es genau. Ich kannte weder Einzelheiten noch Gründe. Aber ich spürte, dass es irgendwas mit Angst zu tun hatte.

Keinen Ahnung, warum. Aber ich wusste, dass jeder in diesem Haus sich fürchtete.

Alles Mongolei!

Am nächsten Tag kam Dschingis wieder in seinem Mantel zur Schule und zog ihn auch nicht aus, als der Unterricht begann. Als ich sagte „He, der Tag der eigenen Kleidung ist vorbei“, würdigte er mich keines Blickes.

Als er sich setzte, sagte auch Mrs Spendlove: „Dschingis, der Tag der eigenen Kleidung ist vorbei.“

„Ja, und das hier ist doch gar nicht meine eigene Kleidung“, erwiderte Dschingis. „Das gehört meinem Großvater, verstehen Sie?“

Er probierte es wieder mit seiner Ich-versteh-nichts-Masche, aber seit er mit starkem Liverpooler Akzent sprach, wirkte es irgendwie nicht mehr überzeugend.

„Geh einfach raus zur Garderobe und häng den Mantel auf“, sagte Mrs Spendlove.

Dschingis latschte aus dem Klassenzimmer. Mrs Spendlove rollte mit den Augen und Shocky sagte: „Was erwartet ihr denn? Er ist schließlich nach Dschingis Khan benannt!“

„Was weißt du denn schon von Dschingis Khan", sagte ich.

„Genau", sagte Mrs Spendlove. „Was weißt du denn schon von Dschingis Khan."

Erwartungsgemäß hätte Shocky eigentlich mit „Nichts, Mrs Spendlove" antworten müssen, stattdessen stand er auf und hielt uns diesen Vortrag: „Dschingis Khan wurde im Jahre 1100 und noch was geboren. Er hatte rote Haare. Als er älter war, errang er Siege, und wozu? Das Einzige, was ihn je interessierte, waren Pferde. Er zog einfach durch die Gegend und eroberte Länder und tötete massenweise Leute, um noch mehr Pferde zu bekommen. Zum Beispiel wenn er so 'ne Stadt einnahm und gefragt wurde ‚Was hast du damit vor?', dann meinte er so: ‚Ich hab's! Wir reißen sie ab, dann haben wir ein bisschen mehr Platz für unsere Pferde.' Oder wenn Entdecker von neuen Ländern zu ihm kamen und so sagten ‚Die Leute da können Gedanken lesen und haben Flügel und eine Stadt, die in der Luft schwebt', dann meinte er so: ‚Haben die Pferde? Nein? Dann hab ich keine Lust.'"

„Aber das waren Nomaden", sagte ich. „Pferde waren sehr wichtig. Die brauchten sie zum Überleben. Und zum Angeben. Heutzutage machen die Leute dasselbe mit ihren Autos."

„Wenn er also heute leben würde", sagte Shocky, „wären es eben Autos statt Pferde. Dann würde er alle umbringen, um ihnen ihre Autos zu klauen. Und dann würde er ganz Europa asphaltieren lassen, um überall herumfahren zu können, wo er will."

Es war kaum zu glauben, dass ich mit Shocky tatsächlich so was wie eine Unterhaltung führte, geschweige denn eine über die Geschichte des Mongolenreichs. Später drückte Mimi es so aus: „Offensichtlich mag er dich. Warum würde er sonst wohl dieses ganze Zeugs über Pferde nachgucken?"

Mrs Spendlove unterbrach die große Debatte über mongolische Geschichte mit der Frage: „Wo bleibt Dschingis eigentlich? Er sollte doch nur rausgehen und seinen Mantel aufhängen. Duncan, geh und hol ihn."

Also ging Duncan los, um ihn zu holen. Aber Dschingis war bereits weg. Sein Mantel hing im Garderobenraum, doch von ihm selbst fehlte jede Spur. Mrs Spendlove meinte, wir sollten uns einfach auf den Unterricht konzentrieren und ihn eben schmollen lassen, wenn er wollte.

„Wahrscheinlich ist er losgezogen, um jemanden umzubringen und dann aus seinem Schädel zu trinken. Das hat der echte Dschingis jedenfalls getan. Und nach dem werden immer noch Kinder benannt! Stellt euch mal vor, die Deutschen würden ihre Kinder Adolf nennen! Und stellt euch auch mal vor, man würde diese Kinder nach dem Unterricht bis nach Hause verfolgen und ihnen Fußball spielen beibringen und die Mäntel mit ihnen tauschen und all so was." Shocky war puterrot im Gesicht, als er seine Rede beendete.

„Immerhin sind sie so höflich, mit einem zu reden", bemerkte ich, „anstatt ein ganzes Jahr lang so zu tun, als wäre man Luft!"

„Entschuldigung", mischte Mrs Spendlove sich ein, „aber könnte das alte Ehepaar seine häuslichen Streitereien bitte woanders austragen?"

EHEPAAR?! Was sollte DAS denn?

In der Mittagspause war von Dschingis immer noch nichts zu sehen, und als ich auf dem blauen Pausenhof nachschaute, fehlte auch von Nergui jede Spur. Außer mir schien niemand sonderlich besorgt zu sein. Ab und an gab es bei uns eben Schulschwänzer – und Dschingis schien ja sowieso jemand zu sein, der auf sich aufpassen konnte. Aber einen Abend zuvor hatte ich ihre Gesichter an der Tür gesehen. Und ich wusste, dass in ihrem Haus die Angst umging.

Also durchsuchte ich seine Manteltaschen. Einfach um zu helfen. Was ich fand, waren zwei winzige Plastikstühle und ein winziger Tisch, wie Puppenstubenmöbel. Irgendwie kam es mir so vor, als würde ich sie kennen, doch mir fiel nicht ein, woher. Außerdem fand ich ein zusammengerolltes Heft mit all seinen Polaroids drin, wie eingeklebte Quartettkarten. Ich überflog sie und stieß auf eins von der Oase in der Wüste Gobi – das mit den seltsamen Bäumen, die wie Blumen aussehen. Unter den Bäumen stand ein Tisch mit zwei Stühlen, derselbe Tisch und dieselben Stühle, die ich in der Hand hielt. Wieder betrachtete ich das Foto. Das waren überhaupt keine Blumenbäume. Es waren einfach nur Blumen. Und ich wusste auch, welche.

Das kleine Tischen

Ich nahm das Heft mit den Fotos und die Puppenmöbel mit hinaus zu der Baumgruppe, wo der Stamm der verlorenen Kinder aus der Fünften hauste. Zwischen den Bäumen wuchsen lange, dünnstielige Blumen. Ich stellte die Puppenmöbel zwischen ihnen auf, ging in die Hocke und kniff die Augen zusammen. Ich brauchte ungefähr zwei Minuten, um die perfekte Entsprechung zu finden. Ich schwöre, dass sogar noch die kleinen Abdrücke der Tischbeine in der Erde zu sehen waren.

Die magische mongolische Oase lag auf unserem Pausenhof, hinter den Mülltonnen.

Der Obo mit dem Pferdeschädel war – bei nochmaligem Hinsehen – der Bauschutthaufen auf dem Parkplatz vom Roberts Tower.

Welche Weltwunder gab es wohl noch, die in Wirklichkeit in Bootle lagen?

Eines der Polaroids zeigte zwei Bahngleise, die über eine flache Grasebene führten. Wahrscheinlich die Bahnstrecke, der die beiden auf ihrer langen, abenteuerlichen Wanderung durch die Steppe und entlang der Seidenstraße gefolgt waren, um dem schrecklichen Dämon zu entfliehen.

Oder es zeigte die Bahnstrecke nach Southport, die hinter unserer Schule verläuft.

Ich rollte das Heft zusammen, steckte es in die Manteltasche zurück und schlich mich über den blauen Pausenhof davon. Es war der einfachste Weg hinaus. Wenn man von irgendjemandem angehalten wurde, konnte man jederzeit behaupten, nach einem verschossenen Fußball zu suchen. Ich lief hinüber zum Bahnhof, stellte mich auf den Bahnsteig und warf einen Blick auf die Strecke. Sie wirkte völlig anders als auf dem Foto – überall Häuser und Überführungen –, nur die Gleise waren identisch. Deshalb lief ich los, immer den Schienen nach.

Ungefähr fünf Minuten lang hatte ich mich an der Bahnstrecke durch Brennnesseln und kaputte Flaschen gekämpft, als ich dieses seltsam schrille Sirren der Gleise hörte. Ich wandte mich um. Ein Fleck aus hellblauem Licht schwebte über den Schienen. Ein Zug näherte sich. Ohne zu überlegen, rannte ich zurück zum Bahnsteig und stieg hastig ein.

Eine Weile waren draußen vorm Fenster nur noch mehr Häuser und der Rest der Überführungsstraße zu sehen. Dann blitzte etwas auf. Ein Berg aus Altmetall, der sich über der Hafenanlage von Seaforth erhob, schimmernd in der heißen Nachmittagssonne. Metallberge.

Danach kamen Felder. Bis zu diesem Moment hatte ich keine Vorstellung davon gehabt, dass es unweit von unserem Haus Kühe und Pferde gab. Wieso hatte mir niemand davon erzählt? Vielleicht wusste es keiner. Vielleicht entdeckte ich gerade ein unbekanntes Land, das man trotz der geringen Entfernung übersehen hatte.

Nach den Feldern kamen Bäume. Ich drückte das Polaroid des mongolischen Waldes ans Fenster, als der Zug mit metallischem Scheppern in den Bahnhof von Freshfield einfuhr. Es waren dieselben Bäume. Kein Zweifel.

Also stieg ich aus und lief die Straße hinauf und in den Wald hinein. Ein Spaziergänger mit Hund lächelte mich an. Als wäre es schön, dass ich da war. Ein Pärchen kam vorbei, mit einem Kinderwagen, der riesige Räder hatte. Sie grüßten ebenfalls. Dann gab es nur noch Bäume und Dunkelheit, beklemmende Schatten zwischen den Bäumen und zuweilen scharrende Geräusche, obwohl ich in den meisten Fällen merkte, dass es bloß Vögel waren. Und einmal sah ich ein Eichhörnchen. Mittlerweile hatte ich die Straße verlassen und folgte einem sandigen Pfad. Von Zeit zu Zeit tauchte ein kleiner, nummerierter weißer Pfosten auf, was mir irgendwie das Gefühl verlieh, auf dem richtigen Weg zu sein, warum, wusste ich nicht ...

Dann, urplötzlich, lief Nergui neben mir her.

Ich hatte ihn gar nicht kommen sehen. Irgendwie hatte ich jemanden gespürt und bemerkte ihn dann aus dem Augenwinkel. „Wo ist Dschingis?“, fragte ich.

„Der kommt gleich. Wieso bist du eher hier als wir? Wir dachten, wir müssten die ganze Nacht warten, bis du uns einholst.“

„Ich hab den Zug genommen.“

„Oh.“

„Woher wusstet ihr, dass ich komme?“

„Du bist unser Guter Ratgeber, das ist dein Job.“

Wir setzten uns auf einen Baumstamm und warteten auf Dschingis.

Auch Dschingis schien nicht besonders überrascht zu sein mich zu sehen. „Wo lang jetzt?“, fragte er nur.

Ihre Art, einfach so von mir zu erwarten, hier in einem Wald zu sein, machte mich geradezu euphorisch. Kein anderer hat je von mir erwartet, seinetwegen einfach so in einem Wald zu sein. Die Rolle des Guten Ratgebers gefiel mir, also sagte ich „Da lang“, als wüsste ich Bescheid, und folgte weiter den nummerierten Pfosten. Es sah zwar so aus, als befänden wir uns am Ende der Welt, aber ich wusste, dass alle fünfzehn Minuten ein Zug kam, der uns innerhalb von 23 Minuten zurück nach Bootle brachte.

Die ganze Situation erinnerte mich an einen Traum, der

immer seltsamer wird, und man hat schon Angst, weiß aber irgendwie, dass man sich selber wecken kann und dann im eigenen Bett liegt, also träumt man noch ein bisschen weiter. Und genau das taten wir. Wir liefen weiter.

Als wir einen Stapel aus Baumstämmen mit Zweigen obendrauf sahen, zeigte ich drauf und sagte: „Ich hab mir gedacht, dass ihr vielleicht einen Obo oder so bauen wollt."

„Ja. Gute Idee."

Also stapelten wir das Holz zu dritt zu einer Pyramide und Nergui ging auf die Suche und fand einen langen Ast, den man an der Spitze reinstecken konnte wie einen Fahnenmast. Als Flagge banden wir meinen Schulpullover dran, obwohl es schon langsam kühl wurde. Dann öffnete Dschingis seine Tasche und holte einen Pferdeschädel raus.

„Wo hast du den denn her?"

„Vom Pferd meines Großvaters."

„Klar. Und das Pferd hast du natürlich in deiner Schultasche!"

Er legte den Schädel auf die Spitze des Obos.

„Laufen wir jetzt dreimal im Uhrzeigersinn drum rum?", fragte ich.

„Ja", sagte Dschingis. „Wie rum ist denn im Uhrzeigersinn?"

Ich zeigte es ihnen, aber Nergui ließ sich nicht überzeugen. „Das kommt doch eh auf die Uhr an, oder?", wandte er ein.

Ich wies ihn darauf hin, dass alle Uhren gleich gehen.

„Natürlich tun sie das", sagte Dschingis. „Du bist so was von dumm!"

Also einigten wir uns darauf, dass zwar alle Uhren gleich gehen, wir uns allerdings uneinig darüber waren, in welche Richtung sie gehen. Sogar ich war mir nicht sicher – bei unserem PC ist eine Uhr mit Digitalanzeige eingebaut. Also gingen wir in die Richtung, die ich für den Uhrzeigersinn hielt, und hinterher gingen wir noch mal in die entgegengesetzte Richtung, für alle Fälle. Aber da begann Nergui sich zu sorgen, dass man mit dem Richtungswechsel alles wieder rückgängig machte, was man gerade eben erst gemacht hatte.

„Wir könnten ein Feuer anzuzünden, aber das ist verboten", sagte ich.

„Ich will nichts Verbotenes tun", sagte Nergui.

„Wir könnten tanzen. Das ist erlaubt."

Die beiden glotzten mich an.

„Normalerweise macht man ein Feuer und tanzt drum rum."

Die beiden glotzten noch mehr.

Dann sagte Dschingis: „Los, Leute, lasst uns weiter."

Also gingen wir weiter. Und ich erklärte ihnen, dass man, wenn man wollte, im Kopf einen gedachten Obo bauen konnte, aus allen schönen Erinnerungen und mit einer gedachten Fahne obendrauf.

Der Baumbewuchs wurde spärlicher und dann kamen wir

an ein Feld. Vielleicht ein Kornfeld – jedenfalls irgendwas mit langen Halmen. Da dürften wir auf gar keinen Fall durchlaufen, erklärte ich. Man sah, dass auch sonst noch niemand durchgelaufen war. Aber Dschingis wollte unbedingt. „Das wird den Dämon total verwirren“, sagte er. „Du läufst neben mir her und Nergui läuft hinter mir, dann sieht es aus wie die Spuren von zwei Leuten statt dreien. Dadurch werden wir ihn endgültig los.“

Wir stapften durch die hüfthohen Halme. Ringsum flogen ängstliche Vögel auf, pfeifend und piepsend wie erschrockene kleine Faxgeräte.

Das Getreide raschelte wie Geschenkpapier. Dschingis holte die Polaroidkamera aus seiner Tasche und schoss ein Foto von unseren Spuren.

„Dschingis, woher hast du eigentlich diese Kamera?", fragte ich.

„Vom Sommerfest der Flüchtlingshilfe in der St-Anne's-Grundschule in der Overbury Street. Hab ich bei der Tombola gewonnen."

„Da gab's auch eine Hüpfburg", fügte Nergui hinzu.

Also in diesem Sommer hier in Liverpool? Also hattest du die Kamera in der Mongolei noch gar nicht? Also ist keins deiner Fotos tatsächlich aus der Mongolei? Kommt ihr überhaupt aus der Mongolei? Doch ich sprach all meine Fragen nicht laut aus.

Dschingis wedelte das Foto trocken und zeigte es mir. Das Witzige war, dass es nach Mongolei aussah - als könnte er ein Stückchen Liverpool in ein Stückchen Mongolei verwandeln, nur indem er die Kamera darauf richtete.

Wir schlugen uns weiter durch das Feld und traten auf der anderen Seite ins Freie. Nun erstreckte sich vor uns nichts als Sand, bis zum Horizont.

„Die Wüste", sagte Nergui.

„Wir sind zurück in der Wüste, wo wir hingehören", sagte Dschingis.

„Ehrlich gesagt glaube ich, dass das hier der Strand ist", erwiderte ich.

„Wenn es der Strand ist, wo ist dann das Meer?"

„Dahinten, hinter den Dünen."

„Ehrlich, das ist unsere Wüste. Willkommen in unserer Wüste!"

Er schoss noch ein Foto – und verwandelte den Strand mit seiner Kamera in die Wüste. Dann gab er mir das Bild und dazu das mit dem Kornfeld.

Ich jagte die Jungs die Dünen hinauf. Der Wind schleuderte uns Sand in die Augen und die scharfen Gräser schnitten mir in die Beine. Es war mir egal. Ich wollte ihnen bloß zeigen, dass das Meer da war und dass sie sich irrten.

Aber als wir oben ankamen, war dort kein Meer.

Nichts.

Meilenweit nur Sand und Schlick, der schimmernd in der Sonne lag.

„Siehst du", sagte Dschingis. „Die Wüste."

„Es ist Ebbe", widersprach ich.

„So eine starke Ebbe gibt es nicht", sagte Dschingis.

In der Mongolei,
Oder am Strand ?

Wir kraxelten auf der anderen Seite der Düne nach unten. Die beiden marschierten sofort auf den Horizont los, aber inzwischen wehte uns der Wind kräftig entgegen, so dass wir allmählich immer mehr dem Verlauf der Dünen folgten. Ich wies darauf hin, dass wir eindeutig am Meer sein mussten, da der Sand nass und matschig war und Muscheln, Seetang und sogar Seesterne herumlagen.

„Und wo ist es dann?"

„Vielleicht ja verschwunden. Vielleicht hat euer Dämon es verschwinden lassen. Das tut er doch, oder? Dinge verschwinden lassen."

„Hörst du bitte auf, über ihn zu reden? Weißt du denn nicht, dass er dich hören kann, wenn du über ihn redest? Wenn er uns erwischt, bist du schuld!"

„Wenn er euch erwischt, wäre ich total überrascht. Weißt du denn nicht, dass es ihn in Wirklichkeit gar nicht gibt? Und Menschen verschwinden nicht einfach so."

„Viele Menschen verschwinden einfach. Fast alle, die wir kennen, sind verschwunden. Deswegen mussten wir ja unsere Heimat verlassen – weil die Leute dauernd verschwanden."

Am Strand war es windig und ich bereute, dass mein Pullover nun als Gebetsschal diente. Niemand war unterwegs und alles schien stillzustehen. „Vielleicht sind wir ja bereits verschwunden", sagte ich. „Vielleicht ist das hier ja der Ort, wo man nach dem Verschwinden hinkommt."

„Mit der Zeit gewöhnst du dich ans Verschwinden", sagte

Dschingis, der sich benahm, als gehörte ihm der ganze Strand.

Ich machte mir Sorgen, dass die Flut kam und wir es nicht merkten, so dass sie uns ins Meer spülen würde. Außerdem war der Wind so kalt, obwohl Dschingis behauptete, es sei überhaupt nicht kalt, und dann die ganze Zeit davon faselte, in der Mongolei wüsste man, wann es kalt ist. Weil der Höcker deines Kamels dann nämlich mit Eis und Schnee bedeckt ist.

Ich führte sie in die Dünen zurück, weg vom Wind und von der Gefahr, plötzlich zu ertrinken. Sie fragten mich nie, wohin wir gingen und weshalb. Ich war ihr Führer, und sie folgten mir.

„Je weniger wir wissen", sagte Dschingis, „desto weniger kann der Dämon von uns erfahren."

Es gab einen unebenen Weg aus Bohlen im Sand. Zwischen ihnen und zu beiden Seiten des Weges wucherten Brennnesseln und Ginster. Und aus dem Ginster lugte ab und an einer der nummerierten Pfosten hervor. Schweigend folgte ich ihnen bis zur Spitze einer hohen Düne, wo wir haltmachten und nach unten blickten. Eine ganze Weile blieben wir schweigend dort stehen, aber die beiden packten mich an den Händen und drückten sie.

Unterhalb von uns, im Windschatten, stand eine Anzahl mongolischer Jurten.

„Wie hast du das gemacht?“, fragte Nergui. „Sind wir zu Hause? Ist das die Mongolei?“

Es sah tatsächlich aus wie die Mongolei. Ich hatte keine Ahnung, wie ich es angestellt hatte, aber das wollte ich nicht zugeben. „Mal sehen“, antwortete ich bloß.

Eine Rotetür

Die Angst kommt!

Sämtliche Jurten waren leer und nichts deutete auf Leben hin, außer dass die Zelte selbst zu atmen schienen, wenn der Wind in sie hineinfuhr.

„Warum ist hier keiner?“, fragte Nergui.

„Ist es in Ordnung, wenn wir in eins reingehen?“, fragte Dschingis.

Ich hatte zwar keine Ahnung, antwortete ihm aber, dass es natürlich in Ordnung sei.

Also gingen wir rein. Drinnen stand die Luft und war warm, wie aus einem fremden Land. Auf dem Boden lagen irgendwelche Bambusmatten und in einer Ecke stapelte sich ein Haufen aus großen Kissen. Wir verteilten sie im Kreis und ich entdeckte einen Gaskocher. Fürs Zünden gab es einen Knopf, also machte ich ihn an und wir rückten dicht heran. Der Geruch nach leicht verbranntem Sand begann sich auszubreiten.

Im Zelt

Mit vielen Sachen

„Wieso sind die Leute, die hier gewohnt haben, verschwunden?", fragte Nergui.

„Ich glaube nicht, dass sie verschwunden sind. Ich glaube, sie kommen erst her, wenn die Ferien losgehen."

Dschingis hatte so was wie eine Sturmlaterne gefunden, die vom Hauptpfosten herabhing. Er zündete sie mit Hilfe des Kochers an und trug sie nach draußen.

„Wo geht er hin?", fragte ich.

„Pscht, schau zu."

Dschingis stellte die Laterne auf einen Holzklotz, so dass sie einen Lichtkreis auf die Zeltwand warf. Dann stellte er sich zwischen Laterne und Zelt und machte mit seinen Händen Schatten. Wir saßen drinnen und sahen die Schatten, die er auf das Zelttuch warf, erstaunliche Silhouetten, ganze Geschichten. Dschingis streckte seinen Arm aus, wodurch er auf dem Stoff wie ein vorgebeugter wiehernder Pferdekopf aussah. Aus einem Stück Pappe, das er in seiner Tasche trug, machte er den Schattenriss eines Dämons.

Nergui schrie auf und wollte, dass ich rausging und ihm sagte, er solle aufhören.

„Sei nicht dumm. Der falsche Dämon jagt dem echten Angst ein!"

„Ach ja, daran hab ich nicht gedacht."

Als Dschingis eine Mädchenfigur mit ein paar Gräsern als Haare machte und dazu Knutschgeräusche produzierte, lachte Nergui, bis ich dachte, er hätte einen Lachkrampf.

Dann kam Dschingis wieder rein und wir setzten uns alle hin und starrten die Laterne an. Irgendein Magen fing an, sich knurrend zu beschweren.

Ich dachte nach. Die beiden sind Nomaden. Werden sie ihre nomadischen Fähigkeiten nutzen, um uns Essen und Wasser zu besorgen? Ich glaube nicht. Die Wirklichkeit war, dass wir ohne den Zündknopf des Gaskochers kein Feuer gehabt hätten.

In meiner Tasche hatte ich immer noch meinen Pausenproviant. Ich verteilte alles auf dem Boden: eingeschweißte Cracker mit Wurst und Käse, Chips, eine Capri-Sonne und ein Schinkensandwich.

Die beiden glotzten, als wären es die Reichtümer des Mongolenkönigs Kublai Khan. Und als ich sagte „Bedient euch“, fielen sie darüber her.

Es gab eine kleine Diskussion darüber, wie die Cracker aufzuteilen seien, aber wir einigten uns schließlich, lagen einfach nur da und ließen den Käse im Mund zergehen, ohne zu kauen. Die Capri-Sonne reichten wir herum. Erst saugten wir den Saft heraus und dann die Luft. Wir kicherten über das Geräusch der Tüte, die sich zusammenzog. Dann wurde es vollkommen still. Abgesehen von Nergui, der jedes Mal, wenn draußen ein Zweig knackte oder ein Tannenzapfen runterfiel, „Was ist das?!“ sagte.

Beide haben keinen blassen Schimmer davon, wie man allein zurechtkommt, dachte ich. Und es wird bald dunkel.

Mit Fingerfiguren Spielen

Und erschreken

Mädchen und Dämonen

Irgendwie war ich mit zwei Nomaden hier draußen gelandet, und sie hatten mich zu ihrem Anführer gemacht.

„In der Mongolei erzählt man sich am Feuer Geschichten", bemerkte ich.

„Dann los, fang an."

„Okay, ich erzähle euch eine Geistergeschichte. Aber nur wenn ihr keine Angst bekommt."

„Angst?" Dschingis lachte. „Wir bekommen doch keine Angst, oder, Nergui?"

„Nie im Leben", sagte Nergui und blickte sich um. „Was meinst du, wo die hier alle hin sind?"

„Ich weiß es nicht", sagte ich und begann zu erzählen. „Es lebte mal ein alter Mann, ich glaube, in Italien ..." Ich erzählte ihnen die einzige Geschichte, die ich kannte. „Er war Leichenbestatter, wisst ihr, was das ist? Er beerdigte Leute. Wenn sie tot waren. Und außerdem war er sehr gierig. Er liebte Edelsteine über alles. Jedenfalls bringt ihm jemand eines Tages die Leiche einer alten Dame, die beerdigt werden soll ..."

„*Wie* unheimlich ist die Geschichte denn genau?", fragte Nergui.

„Total unheimlich. Willst du, dass ich aufhöre?"

„Nein."

„Also, jemand bringt ihm die Leiche dieser alten Dame, und sie hat einen fantastischen Ring an einer Hand ..."

„*Wie* fantastisch?"

„Rubine.

„Die bringen Unglück."

„Diamanten."

„Okay."

„Da beschließt er, dass es doch eine Verschwendung wäre, den Ring mit zu beerdigen. Er will versuchen ihn zu stehlen. Er versucht ihn also abzuziehen. Aber es klappt nicht. Er schmiert ihr die Hände mit Seife ein. Nichts. Der Ring geht immer noch nicht ab. Aber je länger es dauert, desto mehr will er ihn haben. Was also tut er schließlich?"

„Er schneidet ihr die Hand ab", sagte Dschingis und lächelte. „Das würde ich jedenfalls tun."

„Ja, genau das tut er – ihr die Hand abschneiden. Dann verschränkt er ihre Arme ineinander, damit es später niemand sieht. Er verkauft den Ring und kauft sich ein schickes neues Auto. Natürlich ist es sehr schwierig, eine Hand verschwinden zu lassen, ohne dass jemand sie findet und ein Drama draus macht, deswegen versteckt er sie im Handschuhfach seines Wagens. Egal, eines Abends ist er mit dem schicken neuen Auto unterwegs und kommt an eine Kreuzung. Und dort auf der Kreuzung sieht er jemanden im Regen stehen. Also ..."

„Oh, er hält doch nicht etwa an, oder? Auf Kreuzungen darf man doch nie anhalten", sagte Nergui.

„Tja, aber er weiß das nicht. Und es schüttet wirklich heftig, und die Person, die dort steht, ist alt. Eine alte Frau.

Deswegen tut sie ihm leid und er hält an. ‚Steigen Sie doch ein', sagt er. ‚Ich fahre Sie hin, wohin Sie möchten.' Die alte Frau will hineinklettern, aber der Wagen ist ganz schön hoch und das Einsteigen nicht so einfach, also sagt der Mann sehr freundlich: ‚Hier, geben Sie mir Ihre Hand.' Und die Alte antwortet ...", den nächsten Satz sagte ich mit Gruselstimme, „‚Meine Hand haben Sie doch schon ...'"

Ich hatte es kaum ausgesprochen, da schrie Nergui auf und rannte hinaus, Richtung Wald.

Wir rannten ihm hinterher. Aber draußen sah nun alles anders aus. Die Sonne stand schon tief am Horizont. Vor uns zogen sich unsere Schatten in die Länge, zappelnd wie flatternde Fahnen, und die ganze Landschaft schien zu glühen. Dschingis stürmte einfach schreiend los, walzte Zweige nieder und scheuchte Vögel auf. Ich holte ihn ein, packte ihn und hielt ihm den Mund zu, damit er still war.

„Pssst. Wir können Nergui nicht sehen, also müssen wir horchen."

Wir hielten den Atem an. Horchten. Von irgendwo links kam ein Rascheln. Ich hatte die Sturmlaterne mitgenommen, die Dschingis fürs Schattenspiel benutzt hatte, und hob sie so hoch wie möglich, während wir uns dem Geräusch langsam näherten.

Augen. Hellgrüne leuchtende Augen, die ins Licht starrten. Sie schienen in der Luft zu schweben.

„Der Dämon!", keuchte Dschingis.

„Ein Fuchs“, sagte ich. Ich konnte erkennen, wie das Tier durchs hohe Gras davontrottete, den Kopf und den Schwanz gesenkt.

Von irgendwo aus den hohen, goldenen Gräsern ertönte ein Schrei. Irgendetwas war dort, das die Pflanzen in Schwingung versetzte und winzige Goldwellen übers Feld schickte.

„Nergui, rühr dich nicht vom Fleck!“, schrie ich. „Wir kommen!“

Wir stapften durchs Gras, aber wir sahen ihn nicht.

„Er ist verschwunden“, sagte Dschingis.

„Ist er nicht“, erwiderte ich. „Nergui! Ruf noch mal!“

Er rief, aber die Stimme schien aus dem Nichts zu kommen. Oder von überall.

„Er ist verschwunden. Er ist nur noch eine Stimme im Wind.“

Ein Gedanke schoss mir durch den Kopf. „Nergui, hockst du am Boden?“

„Ja!“

„Kannst du mal aufstehen?“

Und da war er, genau vor uns.

„Idiot!“, sagte Dschingis.

„Okay“, sagte ich, „mir nach.“ Ich sah das Gelb des Ginsters, das mich zu den nummerierten Pfosten führte. Ich zählte sie rückwärts ab – 13, 12, 11, 10 – und fand so zurück zur Straße. Sie folgten mir einfach. Den ganzen Weg bis zum

Bahnhof und dann in den Zug. In Bootle New Strand stiegen wir aus. Und sie folgten mir weiter, immer noch ohne Fragen zu stellen, bis zum Roberts Tower, im Uhrzeigersinn dreimal um den Schutthaufen, durch den Hauseingang und mit dem Fahrstuhl nach oben. Sie trotteten einfach hinter mir her.

Aber als ich an ihre Tür klopfte, rastete Dschingis aus: „Was?!“, brüllte er, als wäre er eben gerade aufgewacht. „Was machst du denn da? Wieso hast du uns hierhergebracht?“

„Ihr wohnt doch hier. Ich kann nicht ewig auf euch aufpassen.“

„Betrügerin. Du hast uns reingelegt. Sie hat uns erledigt. Schnell, Nergui ...“

Nergui spuckte mich an. Er hatte angefangen zu weinen und zitterte. Dschingis hämmerte auf den Aufzugknopf ein. Sein Gebrüll war so laut, dass das Scheppern des Aufzugs im Schacht kaum zu hören war. Dann öffnete sich die Wohnungstür, und er verstummte. Seine Mutter trat in den Flur hinaus. Sie würdigte mich keines Blickes, sondern nahm Nergui auf den Arm und trug ihn hinein.

Der Aufzug kam, die Türen öffneten sich knirschend. Dschingis stand da und starrte hinein, als könnte er doch noch jeden Moment einsteigen. Seine Mutter musterte ihn von der Wohnungstür aus. Zwei Türen. Zwei mögliche Wege. Die Aufzugtüren begannen sich zu schließen. Dschingis drehte sich um und schritt durch die erleuchtete Türöffnung in die Wohnung hinein.

Als ich mich dem Aufzug einen Schritt näherte, gingen die Türen wieder auf. Ich warf einen Blick zurück zur Wohnung, in der Hoffnung, dass die Jungs noch irgendetwas sagen würden. Mich vielleicht hereinbaten. Aber nichts geschah. Ihre Mutter machte die Tür zu und ich stieg in den Aufzug. Die Türen schlossen mich ein.

Als ich nach Hause kam, erzählte ich meiner Mutter, ich wäre bei Mimi gewesen.

Wo seit ihr hin?

Am nächsten Tag sprach ich auf dem Weg zur Schule mit Mimi darüber. „Sie haben sich benommen wie Idioten. Sie dachten, sie könnten weglaufen, aber Dschingis hat nicht mal seinen Mantel mitgenommen. Von wegen Jagen mit Adlern. Sie hatten Angst vor einem Fuchs! Ich hab ihnen das Leben gerettet. Ohne mich wären sie verhungert!"

„Wovor sind sie eigentlich weggelaufen?"

Ich wollte ihr nichts von dem Dämon erzählen, weil es einfach zu albern war. Also antwortete ich bloß: „Keine Ahnung."

„Vielleicht ist ihre Mutter eine ziemliche Hexe. Sie holt die beiden doch nie ab, oder?"

„Nein. Also ehrlich, sie waren am Strand und kapierten nicht mal, dass es der Strand war. Wenn die Flut gekommen wäre, wären sie ertrunken. Ich hab ihnen das Leben gerettet."

„Ich weiß nicht, warum du dir so viele Gedanken um die gemacht hast. Und warum du überhaupt mit ihnen abhängst."

„Tja, jetzt hör ich jedenfalls auf, mir Gedanken zu machen."

Tat ich aber nicht.

In der ersten Stunde kam nämlich Mrs Spendlove herein, stellte sich vor die Klasse und sagte eine Ewigkeit gar nichts. So lange, bis schließlich alle still waren.

„Ich habe sehr traurige Nachrichten", verkündete sie in das unerwartete Schweigen hinein. „Heute Morgen erhielt ich einen Anruf, heute Morgen in aller Frühe. Von Dschingis."

Alle horchten auf. *Wer ruft denn bitte einen Lehrer an?!*

„Die ganze Sache ist ein bisschen kompliziert und ich kenne nicht alle Einzelheiten, aber es ist jedenfalls so, dass sich Dschingis' Familie laut unserer Gesetze nicht in diesem Land hätte aufhalten dürfen. Sie hatten nicht die erforderlichen Papiere. Sie haben zwar versucht sie zu bekommen, aber die Zeit wurde knapp. Wie es aussieht, ist die Polizei heute früh gekommen, um alle abzuholen und sie in ihr Heimatland zurückzuschicken. Deswegen hat Dschingis mich angerufen. Um sich von euch zu verabschieden."

Das war alles. Wir sahen ihn nie wieder.

Ich dachte viel über die ganze Geschichte nach, redete darüber. Komischerweise die meiste Zeit mit Shocky. Er schien der Einzige zu sein, der kapierte, wie schlimm das Ganze war.

Ich glaube, Dschingis ahnte, dass irgendwas passieren würde. Musste er doch. Ihre gepackten Koffer hatten im Flur gestanden. Seine Mutter bekam Panik, wenn es an der Tür klopfte. Er wusste, dass es passieren würde. Dass jemand kommen würde.

Wahrscheinlich dachte er, wenn er und Nergui wegliefen, würde die Polizei – oder wer auch immer kam – seine Eltern vielleicht nicht wegschicken, weil ihre Kinder fehlten. Er dachte wohl, wenn er sich eine Weile versteckte, wäre danach vielleicht alles okay.

Aber ich hatte ihn gefunden. Ich, sein Guter Ratgeber. Ich brachte ihn nach Hause. Wo sie ihn abholten. Genau dorthin brachte ich ihn zurück.

An dem Tag, an dem Mrs Spendlove es uns erzählte, wartete ich nach dem Unterricht im Garderobenraum und überlegte, was ich tun sollte. Ich schaute zu, wie ein Mantel nach dem anderen verschwand, bis nur noch einer übrig blieb.

„Mrs Spendlove!“, rief ich, als sie auftauchte. „Sehen Sie, Dschingis’ Mantel. Er ist noch da.“ Wie konnte der Mantel noch da sein und Dschingis selber nicht? „Die werden doch erlauben, dass Dschingis zurückkommt, um seinen Mantel abzuholen, oder, Mrs Spendlove?“

„Ich bin nicht sicher, Julie. Nein, ich glaube nicht.“

„Aber im Winter fallen die Temperaturen in der Steppe auf minus fünfzig Grad! Die Höcker der Kamele sind mit

Frost bedeckt. Wie kann man denn jemanden ohne Mantel da hinschicken?"

„Vielleicht gibt ihm jemand einen neuen."

„Das ist ein ganz besonderer Mantel – für Extrembedingungen. Ein traditioneller mongolischer Mantel."

„Ich nehme ihn an mich. Was hältst du davon? Wenn wir rausfinden, wo sie sind, schicke ich ihn an Dschingis."

„Das wäre gut. Können Sie das tun?"

„Mache ich, versprochen."

Aber als sie ging, ließ sie den Mantel dort hängen. Und am nächsten Morgen hing er noch immer dort. Und nun, nach all diesen Jahren, liegt er hier in der Kiste mit den Fundsachen. Er wurde nie zurückgegeben.

Heute kann ich erkennen, dass es alles andere als ein traditioneller mongolischer Mantel ist. Es ist so ein alter, langer aus der Hippiezeit, ein Afghanenmantel. Innen auf dem Etikett steht BIBA – LONDON. Wahrscheinlich hatten sie ihn aus einem Secondhandladen oder aus der Kleiderspende der Flüchtlingshilfe.

Und in der Manteltasche sind die Fotos. Fotos von der Mongolei, zusammengeschustert aus Bootle-Teilen. Dschingis' Mongolei war ein einziger großer selbst ausgedachter Obo.

„Haben Sie je wieder was von ihm gehört, Mrs Spendlove?"

„Nenn mich doch Claire, jetzt wo du erwachsen bist, Julie."

„In Ordnung, Mrs Spendlove."

„Nein, habe ich nicht. Ich wusste nicht, in was für einer schwierigen Lage sie waren. Es stimmte wirklich, dass sie die Mongolei verließen, indem sie den Schienen folgten. Das haben sie nicht einfach so zum Spaß getan, denke ich."

„Sie haben nicht zufällig Bilder von ihm, oder? All diese Fotos hier hat er selbst geschossen, deswegen ist er auf keinem drauf."

„Nein. Tut mir leid."

An diesem Abend hole ich meine kleine Tochter von der Tagesmutter ab, fahre mit ihr nach Hause, füttere sie, und während sie mit ihrem Playmobil spielt, suche ich die Polaroids raus, die er mir an jenem Tag am Strand gegeben hat, und lege sie in sein Heft zu den anderen. Später im Bett blättere ich mit ihr zusammen das Heft durch und erzähle dazu eine ausgedachte Geschichte, die zu den Fotos passt, als wäre es ein Bilderbuch. Ich schaue jedes Foto genau an, ob er nicht doch irgendwo mit drauf ist. Aber nein. Wie sollte er? Er selbst hat alle geknipst.

Dann finde ich ein Polaroid, das total schwarz ist, in die Heftmitte geklemmt.

Das Schwarze ist die Folie, die man abzieht, wenn das Foto fertig entwickelt ist. Also ist dieses hier nie mit Licht in Berührung gekommen. Vielleicht hat er ja eins von sich selbst gemacht. Ich kralle meine Fingernägel ins Schwarz und die Folie beginnt sich zu lösen. Sie lässt sich abziehen ...

Ein bild ohne
etwas

Aber so funktionieren Polaroids nicht. Wenn man sie zu lange liegenlässt, wird aus dem Licht wieder Dunkelheit. Polaroids sind wie Menschen.

Erst als ich das Heft zuklappe und seinen geschriebenen vollen Namen vorne auf dem Umschlag sehe, fällt mir ein, dass ich ihn einfach googeln könnte.

Wie sich herausstellt, ist Tuul der dritthäufigste Nachname in der Mongolei, und jeder Junge heißt Dschingis. Wenn sein richtiger Name überhaupt Dschingis war. Es gibt seitenweise Leute mit dem Namen Dschingis Tuul. Außerdem hatte ich vergessen, dass ich Mongolisch ja gar nicht lesen kann. Also gab es seitenweise seltsam aussehende Buchstaben, bei denen ab und zu sein Name markiert war. Vielleicht ist er inzwischen Präsident oder der Gewinner von *Mongolei sucht Superstar* oder so.

Der Name Julie O'Connor ist natürlich auch nicht gerade ungewöhnlich.

Wenn er mich in der Mongolei googeln würde, was würde er finden? Seitenlange Abhandlungen über eine Frau, die in Kalifornien eine Kajakschule betreibt. Eine Mantelschneiderin aus Cleveland, bei der man online bestellen kann. Eine Aromatherapeutin aus Newcastle.

Selbst wenn man *Julie O'Connor + Liverpool* eingibt, stößt man auf ein Diätblog, eine Anwältin, zwei Trauerberaterinnen und Unterricht im Straßentanz.

Wer Facebook durchsucht, findet mehr als zwei Dutzend Julie O'Connors, die nur am Foto zu unterscheiden sind – und ganz bestimmt sieht keiner von uns mehr so aus wie damals, als wir elf waren.

Ich scanne die Polaroids ein und lade sie bei Facebook hoch. Sogar mein Profilfoto tausche ich aus und ersetze es durch das Bild von dem Mantel, der an der Garderobe hängt.

Zwei Tage später bekomme ich eine Freundschaftsanfrage von ihm. Vielleicht zufällig. Oder vielleicht checkt er schon jahrelang Tag für Tag sämtliche Julie O'Connors auf der ganzen Welt. Keine Ahnung. Aber er hat versucht, mich zu kontaktieren. Ich nehme die Anfrage also an, bedanke mich und frage, ob er seinen Mantel zurückwill.

Er postet „Ja, bitte" und schickt mir eine Nachricht mit seiner Adresse. Und er markiert meinen Namen auf diesem Bild:

Das ENDE

Nachwort

Vor ein paar Jahren, kurz nach dem Erscheinen meines Buches „Millionen", lud mich eine Lehrerin in die Grundschule ein, an der sie unterrichtete. Sie hieß Sue Kendall, und die Schule war die Joan of Arc Primary in Bootle. Es war meine erste Veranstaltung als Autor, das erste Mal, dass mich jemand so bezeichnete, das erste Mal, dass ich ein mir unbekanntes Gebäude betrat und ein Haufen fremder Kinder im Kreis um mich herumsaß, um zuzuhören, wie ich eine Geschichte vortrug. Erstaunlich. Ich kam mir vor wie Homer.

Seither habe ich es unzählige Male wiederholt und empfinde dabei nach wie vor so etwas wie einen uralten Zauber. Und ich kann mich noch ziemlich genau an jede Einzelheit dieser ersten Lesung erinnern. Dort war ein großer Junge namens Christian, der zu einer der Inspirationsquellen für den viel zu großen Liam in meinem Buch „Galaktisch" wurde. Mrs Kendall und ihre Schule tauchen immer wieder in meinen Geschichten auf. Aber was mir am besten in Erinnerung geblieben ist, war die Begegnung mit einem Mädchen, das Misheel hieß. Sie war ein Flüchtlingskind aus der Mongolei und ihr Strahlen erfüllte den ganzen Raum. Es war rührend, wie stolz die anderen Kinder auf sie waren, und mir wurde erzählt, wie Misheel zum ersten Mal zum Schultanzen erschienen war, in voller mongolischer Tracht, mit kunstvollem Kopfschmuck und fantastischen Gewändern. Wegen Misheel wussten sie alles über die Mongolei – über Sitten und Gebräuche und die Weite der Landschaft. Ihre Anwesenheit war für jeden in der Klasse eine enorme Bereicherung des Lebens. Und das schien allen gleichermaßen so zu gehen, weil sie im selben Jahr auserwählt wurde, den feierlichen Umzug des Bürgermeisters anzuführen. In diesem Buch gibt es einen Satz darüber, dass Xanadu irgendwo in Bootle verborgen liegt wie ein Schatz – und genau das schien sie zu sein, ein lebendes Weltwunder, mitten in Bootle.

Eines Nachts kamen die Leute von der Einwanderungsbehörde und nahmen Misheel und ihre Familie mit. Misheel gelang es noch einmal zu telefonieren und Sue Kendall anzurufen, bevor einer der Beamten ihr das Telefon wegnahm. Und natürlich wurde sie seitdem nie wieder gesehen. Über die britische Einwanderungspolitik und die außenpolitischen Beziehungen unseres Landes zur Mongolei weiß ich nicht viel. Möglicherweise gibt es irgendwelche komplizierten Gründe dafür, warum in einer so spärlich bewohnten und kulturell heruntergekommenen Gegend wie Bootle offenherzige und großartige Besucher nicht willkommen sind. Was ich dagegen weiß: Ein Land, das seine Staatsdiener beauftragt, Kinder mitten in der Nacht aus dem Bett zu holen und mitzunehmen, kann wohl kaum als zivilisiert bezeichnet werden.

Die Kinder der Grundschule waren natürlich bestürzt, und was sie mit am meisten beunruhigte, war der Umstand, dass Misheel ihren Mantel nicht mitgenommen hatte. Sie wussten, wie kalt es in der Mongolei ist, und sorgten sich, wie Misheel ohne ihren Mantel zurechtkommen sollte. Diese Vorstellung vom vergessenen Mantel verfolgte mich geradezu. Damals sprach ich mit meinen Freunden Carl Hunter und Clare Heney, und wir nahmen uns vor, einen Dokumentarfilm zu drehen, für den wir mit einigen der Schüler in die Mongolei fahren würden, um dort nach Misheel zu suchen und ihr den Mantel zurückzubringen. Doch es wurde nichts daraus.

Letztes Jahr fragte mich dann Jane Davis von der Reader Organisation, ob ich für ihre Geschenkbuch-Aktion „Our Read" nicht etwas schreiben wollte. Zu unserem Treffen brachte ich einen Haufen Geschichten mit – über den Goldrausch, über die Zukunft, über Geister –, allesamt im Kopf schon fix und fertig. Aber irgendwann fiel mir auf, dass ich stattdessen von Misheel erzählte. „Allerdings ist das eigentlich gar keine Geschichte, sondern wirklich passiert", sagte ich. Aber wir wussten beide, dass dies eigentlich die Geschichte war, die ich schreiben wollte. Und dass Carl und Clare daran mitarbeiten sollten.

Für das Buch machte ich aus Misheel einen Jungen. Weil darin nicht Misheels Geschichte erzählt wird. Es ist eine erfundene Geschichte. Ich wollte Misheels Geschichte nicht erzählen, weil sie unabgeschlossen bleiben sollte. Als bei dem Buch nur noch ein paar letzte Korrekturen anstanden, lief mir seltsamerweise Sue Kendall über den Weg, die mir erzählte, dass Misheel sie genau an diesem Morgen aus der Mongolei angerufen hatte – zum allerersten Mal! Ich wollte alles darüber erfahren, wie es ihr ergangen war. Aber das ist wirklich eine andere Geschichte.

Frank Cottrell Boyce

Carl, Clare und Frank

Frank Cottrell Boyce erhielt für sein erstes Kinderbuch „Millionen" zahlreiche Auszeichnungen, u.a. den Luchs des Jahres 2004 und die renommierte Carnegie Medal. Er hat sich außerdem als Drehbuchautor einen Namen gemacht, mit Filmen wie „Hilary und Jackie" und „Welcome to Sarajevo". 2013 erhielt er für „Der unvergessene Mantel" den Deutschen Jugendliteraturpreis und wurde 2015 mit dem James Krüss-Preis geehrt. Mit seiner kinderreichen Familie lebt F.C. Boyce in Liverpool.

Carl Hunter ist Regisseur und spielt E-Bass in der Liverpooler Band „The Farm". **Clare Heney** ist ebenfalls Regisseurin und Fotografin. Sie unterrichten beide im Fach Medien an der Edge Hill University. Gemeinsam mit Frank Cottrell Boyce haben sie schon diverse Projekte realisiert, u.a. den Film „Accelerate".

Salah Naoura, geboren 1964 in Berlin, wollte zunächst eigentlich Illustrator werden, entschied sich dann aber für Sprachen und studierte Germanistik und Skandinavistik in Berlin und Stockholm. Seit 1995 ist er freier Übersetzer und Autor und veröffentlichte seither zahlreiche Übersetzungen, vorwiegend aus dem Englischen, sowie Romane, Erstlesebücher, Gedichte und Geschichten für Kinder.

Reicher Segen

Frank Cottrell Boyce
Millionen
272 Seiten
Taschenbuch
ISBN 978-3-551-35567-6

Wenn Geld vom Himmel fällt, kann es nur von Gott kommen! Das denkt jedenfalls Damian, als eines Abends Millionen Pfund vor seinen Füßen landen. Um genau zu sein: zweiundzwanzig Millionen und neunhundertsiebenunddreißigtausend Pence. Doch es ist nicht nur erquicklich, so reich zu sein, denn Damian und sein Bruder Anthony haben genau 17 Tage Zeit, um das Geld auszugeben …